Léane Morton

Les frères Delacroix

2 - L'héritage de Jade

www.reines-beaux.com

1

Cette journée était un cauchemar... En fait, depuis quelque temps ma vie entière était un cauchemar. Selon le dicton : « quand on a touché le fond, on ne peut que remonter ». Et moi, j'avais l'impression d'être au fond et de continuer malgré tout à m'enfoncer.

Tout a commencé lorsque mon père prit la soudaine décision de s'expatrier au soleil pour une retraite qu'il estimait mériter grandement. Pour atténuer sa culpabilité de me laisser en plan en France, il m'avait laissé une énorme somme d'argent sur mon compte en banque. C'était, selon lui, une somme qui me revenait de droit et qui me permettrait de vivre confortablement sans avoir peur pour l'avenir. Sauf qu'il n'avait rien trouvé de mieux que de me l'expliquer devant mon petit ami de l'époque en donnant le chiffre transféré sur mon compte – imaginez un nombre à sept chiffres... ça vous donne une vague idée... Bien qu'en réalité, on frôlait les huit chiffres. Ce dernier n'était alors pas au courant de la situation très confortable de ma famille et commença soudainement à avoir en tête des dizaines de projets tous plus ambitieux les uns que les autres. Voyages, investissements... J'avais rapidement mis le holà. Il était hors de question pour moi de me la couler douce et de ne plus travailler ni de claquer mon argent pour les rêves de grandeur d'autrui. J'avais alors été reléguée dans le rôle de l'égoïste qui avait jusque-là refusé de partager le fait que je venais d'un milieu aisé. À force de disputes, il avait fini par me quitter, ce qui, au final, fut un mal pour un bien. Oui, mais voilà... Ce crétin voulait faire les choses bien. Il avait quitté l'appartement dans lequel nous logions en prévenant le propriétaire qu'il fallait retirer son nom du bail. Mais le pire de tout, c'est qu'il utilisa ses relations – autrement dit le fait que son oncle soit rédacteur pour un magazine people. Celui-ci publia une photo de moi en bikini dont la légende expliquait que j'étais la dernière maîtresse en date de Joseph Daulisson et que, selon les « rumeurs », il s'était montré très généreux envers moi. Inutile de dire que mes amis s'étaient soudain empressés autour de moi et depuis une semaine, je passais pour une poule de luxe extorquant argent et bijoux aux vieux richards en quête de sexe avec de jeunes femmes pas trop regardantes. Et comble de malchance, mon propriétaire profitait de l'aubaine du départ de Julien pour résilier mon bail.

Ma seule véritable amie dans cette tourmente était Chloé Delacroix. Avec elle, j'avais la certitude de ne pas devoir son amitié à la lourdeur de mon compte en banque puisque son mari était probablement plus riche que je ne l'étais. Elle connaissait son mari, Aiden, depuis quatre ans. Mariés depuis deux ans, ils attendaient avec impatience la fin des études de Chloé pour essayer d'avoir leur premier enfant.

De mon côté, je connaissais Chloé seulement depuis cette année. J'avais fait sa connaissance à la rentrée de l'école de sage-femme. Nous nous étions installées l'une à côté de l'autre en cours et rapidement nous avions engagé la conversation. Depuis, nous passions nos journées de cours ensemble, elle était déjà venue chez moi pour des devoirs et/ou révisions, nous échangions également assez souvent par SMS. Je n'avais encore jamais rencontré son mari, bien que nous nous approchions de la fin de l'année scolaire.

Arrivant dans notre salle de cours, je partis m'installer directement à côté d'elle. Dès qu'elle découvrit mon air blasé, elle sut qu'une fois de plus quelque chose n'allait pas.

— Alors, quelle catastrophe aujourd'hui ? me demanda mon amie inquiète.

— Mon cher ex-petit ami a demandé à ce que son nom soit retiré du bail. Par voie de conséquence, le facteur m'a gentiment déposé un recommandé juste avant que je parte pour l'école. Comme le bail est modifié par le départ de Julien, celui-ci est rompu et je suis priée de quitter les lieux pour la fin du mois, soit dans quinze jours.

— Quel enfoiré ! s'exclama-t-elle, les yeux exorbités de stupeur.

— Je ne te le fais pas dire. Il est rancunier et il n'a visiblement pas apprécié que je refuse de le laisser piocher dans mon compte en banque.

— Si je l'avais en face de moi…

— Tu ne pourrais pas faire grand-chose… On ne fait pas le poids contre lui. Le locataire de ton studio n'aurait pas la grande envie de voir du pays à tout hasard ? lui demandai-je sans avoir la moindre once d'espoir dans la voix.

Alors qu'elle venait à peine de rencontrer Aiden, ce dernier lui avait offert pour son anniversaire un studio dans l'immeuble dans lequel lui-même résidait afin qu'elle ne soit plus obligée de vivre dans la résidence universitaire que lui louait le CROUS à l'époque.

— Non, désolée, me répondit-elle avec un petit rictus de dépit.

— Bah… De toute façon, j'en ai marre de Paris. Je crois que je vais en profiter pour chercher en banlieue. Je me verrais bien dans une petite maison avec jardinet.

L'arrivée de notre professeur stoppa notre conversation. Au bout d'une demi-heure de cours, pourtant, Chloé glissa un bout de papier devant moi : « *J'ai peut-être une solution pour toi. Laisse-moi jusqu'à la fin de la journée et on en reparle* ».

Gribouillant un « *OK* » sous son mot, je fis glisser la missive dans sa direction.

À la pause déjeuner, je me retrouvai seule. Cela arrivait de temps en temps, surtout quand le mari de mon amie décidait de déjeuner avec elle. Je ne souhaitais pas particulièrement être la troisième roue du carrosse et j'en profitais généralement pour avaler un sandwich sur le pouce et me poser pour réviser mes cours. Il y a quelque temps encore, j'aurais pu aussi appeler une amie pour me distraire, mais j'étais obligée de constater que depuis le départ de mon père, tout le monde avait toujours un service à me demander. J'étais déçue et du coup je m'étais renfermée sur moi-même, ne sachant plus à qui faire confiance.

Quand Chloé revint juste avant la reprise des cours, celle-ci arborait un large sourire. Face à mon regard interrogateur, elle me fit un grand sourire, glissa un « *j'ai une bonne nouvelle pour toi* » et fila s'installer avant que j'aie pu dire quoi que ce soit.

Je passai l'après-midi sur des charbons ardents. De quelle bonne nouvelle pouvait-elle bien parler ? J'avais beau lui glisser de petits papiers pour essayer de savoir de quoi il retournait, elle refusait de me répondre. À un moment, elle sembla avoir pitié de moi, car elle se mit à écrire sur le papier. Mais finalement, non, aucune pitié. Elle se contenta d'écrire : « *sois patiente. On se voit au café en face de l'école après les cours* » et se reconcentra sur le cours. Je ne tirerais rien d'elle pour le moment, alors inutile de perdre mon temps. Je n'avais plus qu'à faire comme elle et me reconcentrer sur ce que disait le professeur. Cours de santé publique... Ma grande passion... Ironiquement parlant s'entend...

Lorsque Madame Vivier déclara la « torture » terminée, je me dépêchai de remballer mes affaires, tant j'étais impatiente de connaître la fameuse bonne nouvelle.

Chloé de son côté, prit tout son temps. Me voir trépigner semblait la réjouir au plus haut point. Alors que d'habitude, elle aurait fait comme moi – c'est-à-dire bazarder à la va-vite ses affaires au fond de sa besace –, aujourd'hui, elle prenait tout son temps. Elle rangeait correctement son bloc-notes, remettait son stylo dans sa trousse – mince alors, elle avait une trousse ? – et vérifiait même rapidement si elle n'avait pas de message sur son téléphone. Levant les yeux au ciel, je tournai les talons :

— Bon finalement, ta bonne nouvelle attendra demain, je crois.

— Non, s'empressa-t-elle de me répondre. Attends, c'est bon, je suis prête. Allons-y.

Un sourire victorieux éclaira mon visage. Je savais que même si elle voulait me faire mariner, elle n'aurait jamais pu attendre le lendemain pour me l'annoncer.

Arrivées au café, nous commandâmes notre Coca Light avec rondelle de citron habituel et partîmes nous installer sur une des tables du fond. Je n'attendis pas que le serveur vienne avec nos boissons pour attaquer :

— Vas-y, maintenant je suis tout ouïe.

— Tu as dit que tu aimerais bien déménager en banlieue. C'est exact ?

— Exact, lui répondis-je un peu suspicieuse.

Que pouvait-elle bien mijoter ?

— Alors voilà… Il y a cinq ans, j'ai perdu une de mes meilleures amies, elle s'appelait Coralie, commença à me confier Chloé. Avec Émilie, une autre amie, nous avons hérité de la maison dont Coralie était propriétaire dans le Val d'Oise. Jusqu'à présent, c'est Émilie qui y vivait, mais il se trouve que son mari a été muté dans le sud de la France il y a maintenant deux ans et qu'elle a décidé de le suivre.

— … Et ? lui demandai-je, perplexe.

— Et moi je vis sur Paris avec Aiden. Nous aurions pu louer la maison, mais rien que l'idée qu'un étranger vive dans cette maison nous est insupportable. Bref, ça fait maintenant deux ans que la maison est vide quasiment en permanence et qu'avec

Émilie nous nous alternons pour aller l'entretenir de temps en temps pour ne pas qu'elle s'abîme. Donc, si tu es intéressée, la maison est à toi. Enfin, c'est un prêt bien sûr. Mais ça te laisse le temps de te retourner et de trouver autre chose.

Je restai un instant sans voix devant sa proposition. Je voyais bien qu'elle tenait énormément à cette maison. J'avais vu les larmes affleurer à ses paupières lorsqu'elle avait évoqué son amie disparue. Qu'elle ait assez confiance en moi pour me proposer de me prêter cette maison me touchait énormément.

Ne sachant pas comment réagir, je finis par dire la première chose qui me vint à l'esprit :

— À combien serait le loyer ?

— Quoi ? Mais il n'y a pas de loyer, s'exclama-t-elle.

Elle semblait presque offusquée par ma question, qui pour moi semblait pourtant légitime. J'insistai donc :

— Je ne peux quand même pas vivre chez vous sans rien payer. Et puis, tu as dit qu'aucune de vous ne voulait d'un étranger dans cette maison. Or, pour ton amie, je suis une étrangère.

— Ça, ça peut se résoudre facilement. Je te propose d'y aller jeudi après-midi, vu que nous n'avons pas cours. Ainsi tu pourras visiter la maison et faire la connaissance d'Émilie. Et je persiste : pas de loyer. Ta seule obligation sera de conserver le mobilier en place et de faire en sorte que la maison ne tombe pas en ruine. C'est tout.

— Tu es sûre ?

— Certaine, m'affirma-t-elle, la mine résolue.

— Eh bien... C'est très gentil. Merci à toi, lui répondis-je, malgré tout un peu gênée.

— Tu n'as pas à me remercier. Dans un sens, tu me rends service.

— Alors, trinquons à mon potentiel emménagement en banlieue parisienne alors.

— À ton emménagement, répondit-elle en trinquant rapidement son verre contre le mien.

Puis, la conversation dériva sur nos cours dont la fin approchait et sur les six semaines de stage qui nous attendaient durant l'été. Finalement, j'étais peut-être enfin en train de remonter vers la surface après des semaines à couler.

2

Et voilà, j'y étais. Aujourd'hui, j'emménageais dans ma nouvelle maison. Enfin « ma »... façon de parler.

Près de quinze jours plus tôt, j'étais venue visiter la maison avec Chloé. Non seulement j'avais eu un énorme coup de cœur pour cette maison typique des années 50, décorée avec goût et parfaitement entretenue, mais en prime, je m'étais parfaitement entendue avec son amie Émilie qui avait donné son accord pour mon emménagement à peine une heure après avoir fait ma connaissance.

J'étais désormais là, entourée de mes quelques cartons.

Chloé n'avait pas pu venir m'aider, retenue par un repas de famille, mais elle m'avait envoyé un texto dans la matinée pour me souhaiter la bienvenue dans mon nouveau chez-moi. Comme nous étions toutes les deux en vacances, je lui avais proposé de passer dans la semaine si elle le souhaitait. Rendez-vous avait donc été pris : elle viendrait le lundi soir pour une pendaison de crémaillère improvisée et m'avait déjà prévenue que sans indication contraire de ma part, elle inviterait sa petite bande d'amis de la faculté de droit à venir.

Je les avais déjà rencontrés à plusieurs reprises. Une soirée avec eux signifiait généralement : alcool, fous rires, roulades sur le canapé (ou par terre en fonction de l'état d'ébriété de la personne), danses… Je n'avais donc pas donné d'indication contraire. C'était peut-être ce dont j'avais besoin pour oublier mes déboires des dernières semaines.

Branchant mon téléphone sur la chaine Hi-Fi, il ne me fallut pas plus de deux heures pour vider mes rares cartons et en entreposer certains dans le garage. Je n'avais plus qu'à prendre mes marques. Tournant sur moi-même, j'admirai ce qui était mon nouveau domicile. Il me faudrait un peu de temps pour m'habituer, d'autant plus que les meubles ici n'étaient pas les miens, la maison ne m'appartenait pas non plus. Mais la proposition de Chloé avait été une aubaine. Grâce à elle, j'avais désormais, en plus de l'argent, le temps de trouver LE logement qui remplirait tous mes critères de choix. J'avais l'opportunité de pouvoir me montrer exigeante.

Saisissant ma liseuse numérique et enfilant mes lunettes de soleil, je filai dans le jardin pour profiter un peu du soleil. Les recherches d'un vrai « chez-moi » attendraient un autre jour.

Je passai ainsi le week-end à m'habituer à mon nouvel environnement, et quand Chloé arriva avec ses amis le lundi soir, j'avais pris assez mes aises pour me sentir à ma place dans cette maison.

Chloé m'avait dit qu'elle se chargeait de tout, et elle n'avait pas menti. Les garçons avaient des gros sacs dans les bras contenant de la nourriture, de l'alcool, et l'ordinateur de Chloé – certainement pour la musique.

À peine tout le monde entré, Damien posa lourdement un de ses bras sur mes épaules :

— Alors, alors, ma belle Jade. Paraîtrait que tu es devenue sacrément riche… (Alors que je me raidissais brusquement, il enchaîna sur un ton théâtral :) Aaaaaaah, tu deviendrais sacrément intéressante pour moi si je n'étais pas déjà bien pourvu financièrement.

— Ouais, et surtout si tu n'étais pas déjà casé à la belle Eden, intervint Anne qui était blottie dans les bras de son fiancé Yohann.

— Oui, mais Eden n'est pas là ce soir, rétorqua-t-il en me faisant un clin d'œil.

Levant les yeux au ciel tout en me dégageant de son bras, je plongeai ma main dans un des sacs, saisis la première bouteille que j'y trouvai et lançai à la cantonade :

— On est là pour faire la fête ou pour parler de la relation plus que chaotique de Damien et sa blonde petite amie ?

— Pour faire la fête, répondirent-ils tous en même temps.

Heureusement, les voisins les plus proches étaient visiblement partis en vacances, car le volume sonore grimpa rapidement. Tout le monde ayant prévu de dormir sur place, l'alcool coulait à flots. Des pizzas étaient posées sur la table avec les bouteilles et nous étions pour le moment tous installés dans le canapé à jouer aux cartes.

Je n'étais déjà pas douée pour le poker, mais avec un peu d'alcool dans le sang, je devenais carrément nulle. Et je n'arrivais plus à m'arrêter de rire, pour parfois rien. Tout le monde était de bonne humeur.

Vers une heure et demie du matin, le téléphone de Chloé sonna. Elle lut rapidement le SMS, gloussa et le reposa. Il nous était inutile de lui demander de qui il s'agissait, par contre j'étais assez curieuse de savoir ce qui avait pu la faire glousser ainsi.

— Laisse-moi deviner, lui lança Noémie avant que je puisse ouvrir la bouche pour la questionner. Un certain canon brun vient de te demander quand tu comptais rentrer…

— Peut-être bien…

— Et tu ne comptes pas lui répondre ? m'étonnai-je.

— Bien sûr que non.

— Ma chère Jade, jusqu'à présent tu es toujours partie trop tôt de nos fêtes pour connaître les petits rituels de Chloé et Aiden. Il vient de lui demander quand elle comptait rentrer en sachant très bien qu'elle n'est actuellement pas en état de conduire. Dans exactement quinze minutes, nous allons donc entendre la sonnette de l'entrée retentir.

Sur ces paroles, Chloé éclata de rire. Y avait pas à dire, l'alcool la rendait particulièrement joyeuse.

— Et donc ? rétorquai-je, totalement dans le flou.

— Et donc, me répondit Anne, Chloé va repartir au bras de son mari et nous allons pouvoir le mater au passage.

— Oui, mais nous n'avons pas encore dansé. Hors de question que je parte d'ici sans danser.

Se relevant brusquement, elle partit vers son ordinateur, lança « Sexy Bitch » de David Guetta et monta le volume encore un peu plus fort. Puis revenant vers nous, elle nous tira Noémie et moi par le bras pour nous inciter à nous relever. Anne, elle, se leva d'elle-même. Jetant un œil vers les garçons, je les vis secouer négativement la tête à ma question muette. Ils ne comptaient certainement pas se joindre à nous. Haussant les épaules, je vidai donc mon verre de vodka d'un trait et rejoignis les filles qui commençaient déjà à se trémousser.

Je me laissai rapidement aller, n'écoutant plus que la musique et faisant fi de tout ce qui m'entourait. Je n'étais pas une professionnelle de la danse, mais je pouvais me flatter d'avoir malgré tout un bon déhanché. Avec mon short ultra-court, mon débardeur qui m'arrivait au-dessus du nombril mettant ainsi en valeur le piercing qui l'ornait, je ne m'étonnai pas de distinguer rapidement au-delà de la musique les sifflements des garçons. Noémie imita bientôt mon semblant de chorégraphie et nous nous trémoussâmes durant quelques minutes dos à dos. Après quoi, avec un cri de joie, nous nous mîmes toutes les quatre à sauter sur place. Une fois la chanson terminée, je retournai près de la table pour me resservir un verre. La danse m'ayant donné soif, j'avalai un nouveau verre de vodka comme s'il s'agissait d'un verre d'eau. L'ordinateur avait de son côté enchaîné sur « Raise your glass » de Pink. Je devrais un jour songer à copier le répertoire musical de

Chloé. Revenant vers les filles, une bouteille dans les mains, je recommençai à danser sans plus me préoccuper du monde extérieur. Nous étions à nouveau dans notre bulle alcoolisée, chantant à tue-tête les paroles, moi utilisant la bouteille comme micro, en même temps que j'enchaînais les pas. C'était n'importe quoi et en même temps tellement bon. Ce n'était pas la première fois que nous faisions cela, mais cette fois, nous étions chez moi et donc je n'avais pas à surveiller l'heure, ni ma consommation. La musique enchaîna sur « Anything for you » de Lee Harding. Cette fois, Anne et Noémie ne connaissaient pas les paroles. Chloé avait à son tour saisi une bouteille et nous chantâmes à deux tandis que les deux autres filles jouaient les groupies. L'alcool m'étant définitivement monté à la tête, je montai carrément debout sur une chaise pour imiter de façon grotesque un chanteur sur une scène.

Brusquement, la musique stoppa net. Me retournant rapidement pour voir ce qu'il se passait, la chaise bascula et mon postérieur atterrit lourdement sur le carrelage. Outch.

Complètement sonnée, je me laissai partir en arrière, cognant ma tête sur le sol. C'est donc vertement, à cause de la douleur, que je lançai :

— Quel est le crétin qui a coupé la musique, bordel ?

— Mon frère, me répondit Chloé d'un ton un peu mortifié.

Me rasseyant vivement, je repris :

— J'croyais que c'était ton mari qui venait te chercher. Oh, oh… J'crois que je vais vomir. (Tentant de me relever pour sortir de la pièce, je fus saisie de vertiges.) En fait, non, je crois que je vais rester là, dis-je en me rallongeant par terre et en fermant les yeux.

Heureusement, après quelques profondes inspirations, la nausée passa.

— Ça va aller ?

Rouvrant les yeux, je fus confrontée à un regard vert avec quelques touches de noisette près de la pupille. Il avait un regard dur. Il me demanda si j'allais bien, mais on voyait très bien qu'il me jugeait avec sévérité, certainement à cause de l'état lamentable dans lequel je me trouvais. Malgré cela, j'étais captive de ce regard, n'arrivant pas à m'en détacher… Pourquoi tant de froideur dans un regard d'une telle intensité ? Ils étaient plutôt faits pour vous envoûter, vous hypnotiser et vous retenir captive à jamais… C'est le son de sa voix qui m'arracha à ma torpeur.

— Est-ce que vous pouvez vous relever ? me demanda-t-il d'un ton que je préférai qualifier de neutre pour ne pas avoir à admettre la pointe de condescendance qu'il contenait.

— J'suis pas sûre, soufflai-je, mon attention toujours captivée par son regard.

Derrière, j'entendis Noémie dire à Chloé « Tu veux bien me présenter à ton frère ? ». Sa phrase me ramena en quelque sorte à la réalité. En général, quand Noémie s'intéressait à un homme, il était forcément très beau. Il fallait que je voie ça.

— Chloé, tu veux bien dire à ton mari de virer d'au-dessus de mon visage pour que je puisse me relever ?

— Mon mari est à côté de moi, Jade. C'est mon frère que tu fixes.

— Quoi ?

Dans ma stupeur, je me redressai si vite que mon front alla cogner celui de l'homme qui, quelques instants plus tôt, me clouait au sol de son regard. J'entendis vaguement un « c'est pas vrai » furieux alors que mon envie de vomir me reprenait. Cette fois, je me relevai rapidement sans tenir compte de mes vertiges et filai le plus vite possible hors de la pièce. Mais ma vision s'obscurcissait de plus en plus, j'avais brusquement très chaud en ayant paradoxalement la sensation d'avoir la peau glacée. La cuisine étant plus près que les toilettes, j'y fonçai et vidai mon estomac dans l'évier avant de me laisser glisser à nouveau au sol. Je savais que j'étais en train de perdre conscience, mais tant pis. J'avais dû me taper la tête plus fort que je ne l'avais pensé tout à l'heure car jamais l'alcool ne m'avait fait cet effet-là. Avant de perdre totalement conscience de ce qui m'entourait j'entendis le frère de Chloé entrer dans la pièce et lâcher un « Merde ! Aiden… Viens m'aider, dépêche-toi ».

Il ne pouvait pas se taire celui-là au lieu de pester ? Il avait beau avoir des yeux magnifiques, il était désagréable. Autant me laisser aller à l'inconscience plutôt que de le supporter une minute de plus.

3

Je passai la nuit la plus horrible de ma vie. Et dire que quelques heures, quelques jours plus tôt, je trouvais que ma vie revenait enfin sur de bons rails.

J'avais horriblement mal à la tête. À plusieurs reprises, je tentai de me lever pour aller aux toilettes. À chaque fois, je finissais par vomir avec quelqu'un qui me retenait les cheveux. Et plusieurs fois au cours de la nuit, quelqu'un m'obligea à me réveiller, me posa différentes questions qu'il était insensé de poser à une telle heure.

Quand je repris réellement conscience de ce qui m'entourait, le soleil filtrait déjà à travers les rideaux. Me relevant prudemment, je réussis à me traîner jusqu'à la salle de bains et m'assis sur la cuvette des WC. Je jetai un coup d'œil vers la douche avant de renoncer. Je ne me sentais pas capable de tenir assez longtemps debout. Attrapant ma brosse à dents posée sur le rebord du lavabo, je me brossai les dents pour tenter de retirer l'horrible goût que j'avais dans la bouche. Je devais avoir l'air pitoyable, ainsi assise sur les toilettes avec ma brosse à dents dans la bouche. Une fois l'haleine un peu plus fraîche, j'attrapai un chouchou pour m'attacher rapidement les cheveux.

Me remettant debout, je luttai péniblement contre le vertige. À cet instant, je maudissais l'abruti qui avait osé arrêter brutalement la musique la veille alors que j'étais debout sur la chaise. Il était logique qu'il ne fallait jamais surprendre quelqu'un qui était en situation dangereuse. Pour preuve ce qui était arrivé hier. Si j'avais devant moi ce… cet abruti, il entendrait ma façon de penser.

Il me fallut un temps interminable pour descendre les escaliers et entrer dans la cuisine. À ma grande surprise, Chloé était encore là. Deux hommes que je ne connaissais pas étaient également présents. Qui étaient-ils ? Qui les avait invités ?

Chloé fut la première à remarquer ma présence. Elle se leva brusquement et me sauta au cou. En temps normal, j'aurais pu apprécier cette attitude, mais là… tout de suite… alors que je tenais à peine sur mes jambes. J'entendis à peine ce qu'elle me dit, un bourdonnement prenait place dans mes oreilles. Mais après quelques secondes, je réussis à saisir le sens de ses paroles :

— Bon sang, tu nous as fait une de ces peurs ? Tu vas mieux ?

— Euh… Oui, je crois, répondis-je.

Je mourais d'envie de m'asseoir. Je n'étais pas certaine de réussir à tenir debout encore longtemps. Une voix grave, un peu rauque, intervint :

— Chloé, tu devrais la laisser s'asseoir avant qu'elle ne tombe à nouveau dans les pommes.

— Oh oui, bien sûr. Excuse-moi ma belle. Tiens, prends ma chaise.

M'asseyant sur la chaise que me présentait Chloé, je dirigeai mon regard en direction de la voix à qui je devais le retrait de mon amie. Un homme grand, brun, aux yeux bleus, se tenait contre l'évier, une tasse de café en main. À ses côtés, l'homme aux yeux verts de la veille m'observait. Le mari et le frère de Chloé… Super… Moi qui avais espéré ne plus revoir le responsable de ma chute, j'étais servie. Non seulement il était toujours là, mais en prime il m'observait avec de la réprobation dans le regard.

Son hostilité me déstabilisa. Certes, j'avais trop bu la veille. Certes, j'étais montée, ivre, debout sur une chaise. Mais c'était lui le responsable de tout ça. C'était lui qui avait coupé la musique, me surprenant et me faisant ainsi chuter. Et ce n'était pas l'alcool qui m'avait fait vomir. Mon mal de tête actuel n'était pas non plus dû à mon ébriété.

Incapable de détourner les yeux, je le défiais presque. Aucun de nous ne semblait prêt à détourner le regard. Ce fut la voix de Chloé qui me ramena au présent.

— Noémie et les autres sont partis tôt ce matin. Maintenant que tu es réveillée et que je suis rassurée, on va y aller aussi.

— Je vais rester encore un peu, je me chargerai de te ramener ta voiture.

C'était son frère qui venait, une fois de plus, d'intervenir. Me tournant à nouveau vers lui, j'eus conscience qu'il ne restait pas uniquement pour ramener la voiture de sa sœur. Et à la détermination qui semblait l'animer, je sus que je n'allais pas tarder à savoir de quoi il retournait.

Ce fut donc avec un peu d'appréhension que je laissai mon amie repartir avec son mari. Ils eurent à peine dépassé le portail qu'il attaqua :

— Je ne sais pas ce que vous avez raconté à ma sœur pour lui extorquer sa maison, mais je vous laisse une semaine pour débarrasser les lieux.

— Je… Quoi ?

J'étais totalement abasourdie. Je m'attendais à des reproches pour mon comportement de la veille. Voire même, une belle leçon de morale. Mais non, il m'accusait d'avoir volé la maison de sa sœur.

— Je n'ai absolument rien extorqué à Chloé, repris-je sur un ton qui laissait clairement entendre que j'étais offusquée. Maintenant, si c'est tout ce dont vous vouliez me parler, je vous prierais de bien vouloir partir.

Et pour appuyer mes dires, je rouvris la porte d'entrée à son intention.

Ma rébellion, malheureusement, ne sembla nullement l'impressionner. D'une main, il rabattit le battant de la porte et s'approcha de moi jusqu'à ce que mon corps se retrouve collé à la paroi en bois. À cette distance, et si on observait la scène d'assez loin, on aurait presque pu croire qu'il était sur le point de m'embrasser. Mais la lueur de ses pupilles était, elle, meurtrière. J'avalai péniblement ma salive tout en tentant de rester le plus digne possible. Enfin, aussi digne qu'on puisse l'être quand quelqu'un vous fusille du regard et que votre tête est tellement douloureuse que vous êtes persuadée que votre cerveau est sur le point d'imploser.

— J'ai fait des recherches rapides sur vous. Votre dernier amant en date est parti en vous laissant des millions sur votre compte en banque. Par conséquent, j'imagine que vous avez largement de quoi vous payer un logement. Débarrassez le plancher, sinon c'est moi qui vous ferai partir.

— Et comment comptez-vous vous y prendre au juste ?

Ses dernières paroles m'avaient révoltée. Il disait avoir fait des recherches, mais n'avait pas été plus loin que la presse people. Cet être odieux croyait tout savoir sous prétexte qu'il avait pris la peine de lire une stupide feuille de chou. Posant mes mains sur son torse, je le repoussai - ou du moins, je tentai de le repousser - avant de passer sous son bras pour m'échapper. Ma sortie aurait pu être théâtrale si à cet instant le vertige n'avait pas eu raison de moi.

Mes jambes cédèrent et je me serais écroulée sur le carrelage si un bras n'était pas passé autour de ma taille pour me rattraper. En moins de temps qu'il n'en fallait pour le dire, je me retrouvais soulevée et emmenée en direction du salon.

À peine installée dans le canapé, je fermai les yeux. Si seulement l'obscurité pouvait à nouveau me gagner et faire disparaître ce bellâtre aux yeux verts. Je souhaitais avec tellement de force le voir partir que j'aurais presque accédé à sa requête. Mais une dernière once de fierté me retenait. J'en avais assez de passer pour une minette tout juste bonne à extorquer de l'argent en utilisant ses charmes. Mon seul tort dans cette histoire était d'avoir fait confiance à mon ex-petit ami. Rien de plus.

Les yeux toujours clos, j'avais une conscience aiguë de la présence du frère de mon amie dans la pièce. C'est pourquoi je ne pris même pas la peine de les ouvrir pour lui affirmer :

— Chloé m'a proposé d'emménager ici afin de ne pas laisser la maison vacante plus longtemps. Je ne paie peut-être pas de loyer, mais en échange je suis chargée de l'entretenir. Vous pouvez penser ce que vous voulez à mon sujet, mais à moins que la demande ne vienne de votre sœur, je ne partirai pas d'ici.

À la fin de ma tirade – dont j'étais assez fière –, le silence envahit la pièce. Je commençais à relâcher la pression, me disant qu'il allait enfin s'en aller quand il m'asséna des paroles qui me firent ouvrir des yeux ronds de stupeur.

— Vous ne me laissez donc pas le choix. Puisque vous refusez de partir, et afin de protéger les biens de ma sœur, je vais m'installer également ici jusqu'à ce que vous changiez d'avis. Nous voilà donc colocataires jusqu'à ce que votre bon sens vous revienne.

4

Au bout de deux semaines de cohabitation, je ne supportais déjà plus cet abruti, bien qu'il soit canon. Après l'annonce de son emménagement, il avait quitté la maison à bord de la voiture de Chloé. Sur le moment, j'avais donc espéré qu'il avait lancé une menace en l'air. Mais c'était mal le connaître. Quelques heures plus tard, il avait débarqué avec sa propre voiture, deux valises dans le coffre et une flopée de costumes sous housse.

Comble de malchance pour moi, en prime, il avait décrété avoir besoin de ralentir le rythme à son travail et était donc présent quasiment H24.

Enfin, fidèle à sa promesse, il mettait tout en œuvre pour me faire déguerpir. Cela avait commencé par l'installation d'un Home Cinéma dans le salon dont il montait systématiquement le son quand je m'isolais pour réviser ou dormir. L'eau chaude se coupait mystérieusement à chaque fois que je prenais ma douche.

N'obtenant aucune réaction de ma part, j'avais découvert un soir en rentrant qu'il avait retiré toutes les portes de la maison.

Salle de bains et WC compris. La seule épargnée avait été celle de sa chambre. La lunette des WC avait été bloquée en position levée.

La goutte d'eau fut lorsque Monsieur décida de ranger le garage. Tous les cartons m'appartenant et que j'avais entreposés là temporairement furent sortis à l'extérieur. Le temps que je me rende compte de ce qu'il avait fait, la pluie avait eu le temps de les abîmer.

Certaines choses contenues dans ces cartons étaient sans importance. Pour d'autres... Je ne pouvais que constater les dégâts. Et comme un coup de malchance n'arrive jamais seul, il s'avéra que le carton le plus abîmé fut le seul contenant ce qui importait le plus à mes yeux mais que je n'avais pas eu le courage de garder près de moi. Tous les effets se rapportant à ma mère. Cette mère que j'avais à peine connue car partie trop tôt. Les albums photo étaient totalement détrempés. Ses livres ? Bons à jeter. Le carnet qu'elle avait rempli pour moi quand elle avait appris qu'elle était condamnée ? Devenu illisible. Au fur et à mesure du constat, j'avais fini par m'écrouler au sol, les larmes aux yeux. J'étais là pour me reconstruire et prendre le temps de savoir ce que je voulais réellement faire, et je n'en récoltais que des souvenirs détruits à jamais et un quotidien usant émotionnellement. Tout cela en valait-il vraiment la peine ?

La seule chose que je réussis à sauver fut un minuscule paquet de photos qui se trouvaient par chance dans une boîte métallique. Les regardant une à une, désormais seules traces du passage de ma mère dans ma vie, je décidai que cette fois, c'en était trop. La tristesse laissa place à la colère.

Je n'avais pas mérité un tel mépris, j'avais fait profil bas, le supportant au-delà du possible. Il voulait la guerre ? Eh bien, il allait être servi.

Déposant la boîte métallique et son précieux trésor dans le tiroir de ma table de chevet, je fonçai ensuite vers sa chambre. D'un simple regard circulaire, je détectai son ordinateur, ses précieux costumes, son cellulaire posé sur son chevet et même sa montre. Il était actuellement sous la douche. J'avais donc peu de temps pour établir ma première vengeance.

Emportant l'ordinateur et le cellulaire, je filai à la cuisine et les déposai dans l'évier. Bouchant celui-ci, j'ouvris l'eau à fond, noyant ses précieux appareils technologiques.

Mais cela ne suffit pas à me faire décolérer. L'eau de la douche coulait toujours, et je repensais aux nombreuses douches que j'avais finies à l'eau froide par sa faute. Couper à mon tour la chaudière était une vengeance trop douce. Par contre... Il allait apprendre à ses dépens que dégonder une porte pouvait présenter d'autres inconvénients que de risquer de se faire mater au travers du rideau de douche.

Entrant silencieusement dans la salle de bains, j'ouvris le placard du lavabo, repérant immédiatement ce que je recherchais.

Après un dernier regard en direction de la douche et de la silhouette qui se découpait derrière le rideau, je tendis la main et fermai le robinet d'arrivée d'eau froide.

Ensuite, je déguerpis aussi vite que me le permettaient mes jambes.

Quand il hurla sous la brûlure de l'eau, j'avais déjà atteint la porte d'entrée. Ni une, ni deux, j'attrapai en vitesse mon sac et mes clés de voiture et filai à l'anglaise avant qu'il n'ait pu m'attraper.

Je savais que je devrais revenir, mais j'étais assez lucide pour me faire oublier quelques heures. Ne serait-ce que pour éviter d'éclater de rire quand il débarquerait fou de rage dans le salon pour me fusiller.

Démarrant ma petite citadine, je composai en même temps le numéro de Chloé. Cette dernière répondit à la quatrième sonnerie :

— Jade, je ne m'attendais pas à ton appel. Tu m'as dit que tu devais réviser ce week-end.

— Changement de programme. Un Coca au bar près de

l'école, ça te dit ?

— J'ai mieux. Soirée en boîte avec Noémie et Anne.

— Je ne suis pas habillée pour et je ne peux pas repasser à la maison pour l'instant.

— Qu'est-ce que Nicolas a encore fait ?

— Je te raconterai, mais c'est surtout ce que moi je lui ai fait cette fois, lui répondis-je avec mon sourire largement perceptible dans ma voix.

— OK, tu me raconteras en arrivant. Pour les vêtements, je peux te prêter quelque chose pour la soirée.

— Très bien, j'suis de la partie alors.

— Parfait, à tout de suite. Et raccroche avant de te faire chopper par les flics.

— Oui, maman.

Raccrochant, je posai mon téléphone sur le siège passager. Immédiatement, il se mit à sonner. Le nom de Nicolas s'afficha sur l'écran. Laissant le téléphone égrainer la sonnerie avant de basculer sur le répondeur, j'augmentai le volume de l'autoradio pour ne plus l'entendre.

Il serait bien temps de me préoccuper des conséquences de mes actes lorsque je rentrerais chez moi. En attendant, je savourais les débuts prometteurs de ma vengeance.

5

Le lendemain matin, je n'étais toujours pas rentrée chez moi. Allongée à plat ventre sur le lit de la chambre d'ami de chez Chloé, je tendis machinalement la main vers mon téléphone avant de me rappeler l'avoir coupé la veille pour faire cesser les appels de Nicolas.

M'enfonçant un peu plus sous la couette, je gloussais encore du coup pendable que je lui avais fait. S'il ne me tuait pas pour la coupure d'eau froide, il le ferait pour la noyade de son ordinateur et de son smartphone.

À ce souvenir, je fronçai les sourcils. Comment avait-il fait pour m'appeler alors que j'avais coulé son téléphone ?

— Prise de remords ?

Au son de sa voix, je me redressai brusquement dans le lit, collant la couette contre mon buste. Je le fixai avec les yeux écarquillés de surprise.

— Tu ne croyais tout de même pas que te planquer chez ma sœur et mon frère te sauverait ? reprit-il d'un ton narquois.

— Tu ne trouves pas ça bizarre comme formulation ? Ta sœur et ton frère ? rétorquai-je, tentant maladroitement de détourner la conversation tout en cherchant une échappatoire.

Malheureusement, il était clair qu'il ne comptait pas me laisser m'échapper. Le regard toujours rivé sur moi, il s'avança… lentement. Il s'amusait avec moi, comme un chat le ferait avec une souris.

— Ma très chère Jade… Couper l'eau froide n'était déjà pas bien judicieux de ta part, mais ce que j'ai découvert dans l'évier de la cuisine… As-tu conscience des conséquences de ce que tu as fait ?

— Ne me dis pas que tu n'avais pas de sauvegarde. Si c'est le cas, permets-moi de te dire que ce n'est pas très malin… D'ailleurs, comment as-tu fait pour me téléphoner alors que j'ai noyé ton téléphone ?

Sortant un appareil flambant neuf de sa poche, un mauvais sourire en coin, il répondit :

— Quelle bonne idée ai-je eue, justement ce jour-là, de m'en acheter un neuf. Nouveau modèle. Comment le trouves-tu ?

— Pas assez mouillé, murmurai-je d'un ton mauvais.

À ces mots, il finit par réduire pour de bon la distance nous séparant, collant son visage au mien.

— Écoute-moi bien, Jade. Tu as été trop loin cette fois. Alors, si tu tiens à ce que je ne détruise pas ton avenir, tu vas me faire le plaisir de rentrer, de faire tes valises et de ne plus jamais approcher ma famille.

— J'AI été trop loin ?

Encore une fois, il me faisait sortir de mes gonds. Aussi, sans lui laisser le temps de répondre je repris, ma voix augmentant au fur et à mesure de mon discours.

— Qui me pourrit la vie depuis qu'il a décidé d'emménager ? Qui croit tout savoir sur tout le monde alors qu'en fait, il n'en connaît pas même un dixième ? Qui a démonté les portes, qui a coupé la chaudière ? Qui s'est permis de détruire les seuls souvenirs qu'il me restait de ma mère ? Alors, j'ai peut-être détruit un ordinateur et un téléphone, mais ça m'est bien égal car ce n'est rien à côté de tout ce que toi tu as fait. Et si c'était à refaire, eh bien, je le referais sans hésiter.

Non seulement j'avais élevé la voix, mais en prime, à force de me redresser, je me retrouvais debout sur le lit à lui faire face, l'ayant obligé à se redresser également.

Il allait à son tour prendre la parole, quand Chloé et son mari entrèrent dans la chambre.

— Bon sang, vous ne pouvez pas faire ça ailleurs ? demanda Aiden. Il y en a qui dormaient encore.

Après un rapide regard dans leur direction, je fixai à nouveau Nicolas. La crispation de ses épaules montrait bien qu'il était toujours furieux et avait le plus grand mal à retenir de nouvelles répliques acerbes.

Refusant pour ma part de continuer le combat devant mon amie, je descendis du lit – le bousculant au passage sans aucune vergogne – et filai m'enfermer dans la salle de bain.

Je savais que les choses ne s'arrêteraient pas là, mais tout moment de répit était bon à prendre. Et pour le moment, je devais mon salut à l'arrivée inopinée de Chloé et Aiden dans la chambre.

Me relaxant sous le jet bienfaisant de la douche – une douche chaude d'un bout à l'autre… Le bonheur… – je cherchais comment me défiler cette fois-ci encore, car je pouvais être certaine qu'il serait toujours là quand je sortirais de la pièce. S'il n'était pas dans la chambre, il serait dans le salon avec son frère et sa sœur.

Malgré que je sois au courant de l'histoire de Chloé, je trouvais toujours étrange qu'il les appelle « son frère et sa sœur »… Ça rendait le couple d'Aiden et Chloé un peu incestueux alors que ce n'était absolument pas le cas. En réalité, Aiden était le frère adoptif de Nicolas, et, alors que Chloé était à l'époque en faculté de droit, ils avaient découvert qu'elle était la sœur biologique de Nicolas.

Après l'aménagement de son frère dans le Val d'Oise, Chloé m'avait appris les détails de l'histoire et elle m'avait demandé de ne pas m'offusquer du comportement de son frère. C'était, d'après elle, dans sa nature d'être méfiant, mais dans le fond, une fois qu'il connaissait les gens, il n'était pas méchant et pouvait même s'avérer très protecteur, peut-être trop parfois. Elle n'avait aucune idée des raisons qui l'avaient rendu aussi méfiant, il n'avait jamais voulu lui en parler et Aiden avait respecté la volonté de son frère de ne pas vouloir s'étendre sur le sujet et n'avait donc rien révélé à sa femme.

De mon point de vue, c'était louable de sa part de vouloir protéger ainsi sa sœur, mais là, en l'occurrence, c'était moi qui en faisais les frais et pour de mauvaises raisons.

Jusqu'à ce qu'une photo de moi paraisse en première page des magazines, je n'aurais jamais imaginé que l'histoire de ma vie puisse intéresser qui que ce soit. Et pourtant… Non seulement les gens s'y étaient intéressés, mais en plus n'avaient prêté l'oreille qu'aux mauvaises informations. J'aurais bien entendu pu faire un procès, mais je n'avais pas eu le courage d'aller voir un avocat et d'entamer les démarches. J'avais bêtement laissé les choses en place en pensant que tout le monde passerait vite à autre chose.

Et aujourd'hui… Aujourd'hui, j'avais le frère de ma nouvelle meilleure amie sur le dos, persuadé que je voulais extorquer la maison de sa sœur et qui me pourrissait la vie au quotidien.

J'avais jusqu'à présent tout toléré car l'aide et le soutien de Chloé m'avaient beaucoup aidée pendant toute cette histoire médiatique, mais aujourd'hui les limites de ma patience étaient dépassées, et avec mon stage d'été qui allait débuter d'ici quelques jours, je ne me sentais plus capable de supporter cet homme. Mais devais-je abandonner pour autant ? Devais-je laisser couler une fois de plus ? Il en était hors de question. Je ne voulais pas lui faire ce plaisir-là. Œil pour œil, dent pour dent. Je ne serais pas la première à plier. J'en avais plus qu'assez qu'on me dise qui j'étais et ce que je devais faire.

6

À mon grand étonnement, lorsque j'étais sortie de la salle de bain ce jour-là, Nicolas avait disparu. Mais la confrontation chez ma meilleure amie avait sonné le début d'une guerre froide entre lui et moi.

Les portes avaient été remises en place, et nous ne nous adressions plus la parole lorsqu'il nous arrivait de nous croiser. J'aurais presque pu me demander ce qu'il faisait encore dans la maison si ses yeux n'avaient pas parlé pour lui : ce n'était que le calme avant la tempête. Il changeait simplement de stratégie et cherchait toujours le moyen de me faire partir.

Les jours passèrent et rien ne se produisit. J'avais entamé mon stage. Quand je ne travaillais pas à l'hôpital, je travaillais mes cours.

Tout cela dura un mois… Un mois de silence, de tension permanente, mais un mois sans cris, sans dispute, sans coup bas. Un mois durant lequel je réussis enfin à dormir plus de trois heures d'affilée. Je n'avais plus que deux semaines de stage. Ensuite je serais en vacances jusqu'à la rentrée. Je comptais mettre ce temps à profit pour continuer à réviser de façon intense. C'était pour moi le seul moyen d'avoir assez confiance en moi pour réussir mes examens.

L'offensive de Nicolas se déroula donc à ce moment-là. À croire qu'il l'avait fait exprès, qu'il avait sagement attendu que j'aie une garde de 24h le lendemain pour passer à l'attaque.

Nous étions vendredi soir, j'embauchais le lendemain à 6h30 et ne rentrerais chez moi que le surlendemain avec peu d'espoir d'avoir dormi durant ma garde. J'avais passé mon après-midi à potasser mes cours et avais à l'origine pour programme de me coucher tôt pour accumuler le maximum d'heures de sommeil.

Ça, c'est ce que j'aurais fait dans un monde idéal. Un monde sans Nicolas. Dans la réalité, à 20h pétantes, j'entendis trois véhicules au moteur puissant s'arrêter devant chez moi.

Jetant un œil par la fenêtre, par pure curiosité, j'en vis descendre cinq personnes.

De l'Audi RS8 descendit Aiden. Il était seul et pendant un court instant je fus déçue que Chloé ne soit pas avec lui. Jusqu'à ce que mon esprit percute qu'il n'avait rien à faire ici.

Laissant mon regard dériver vers les deux autres voitures, une Porsche 911 et une Aston Martin Vanquish, je vis deux hommes en costumes dont les cravates étaient négligemment desserrées autour de leur cou, et deux femmes qui pouvaient être qualifiées de magnifiques – pour qui aimait le style Barbie.

La première était brune, environ 1m75 si on lui retirait ses talons vertigineux. Elle portait une robe moulante couleur argent qui ne laissait aucun mystère sur ce qui se cachait en dessous.

La seconde, aussi blonde que la première était brune, faisait à peu près ma taille – aux environs d'1m65 – et portait des talons moins extravagants. Sa robe rouge aurait pu être du dernier chic si elle n'avait pas présenté au dos un décolleté assez profond pour être à la limite de dévoiler le postérieur de la demoiselle.

Détournant les yeux de ce spectacle affligeant, je sortis de ma chambre pour aller écouter du palier de l'étage l'arrivée des invités imprévus.

Le mari de Chloé étant présent, j'avais du mal à imaginer qu'il s'agisse d'une nouvelle tactique de Nicolas pour me faire partir. Mais en même temps, il en serait capable.

Comme les invités passèrent rapidement de l'entrée au salon, je n'eus pas l'occasion d'en apprendre énormément sur ce que prévoyait la soirée. La seule information que j'obtins de ma séance d'espionnage fut les prénoms des deux femmes – Laura et Mélanie – et le fait qu'une troisième poupée mannequin ne devrait plus tarder – Juliette de son prénom.

Levant mon regard au ciel, je fis demi-tour. Monsieur s'était organisé une soirée... Comme par hasard la veille de ma garde la plus lourde.

Arrivée à ma chambre, je m'enfermai à clé et retournant sur mon lit, je rouvris mes livres avec un soupir de dépit. J'avais comme le mauvais pressentiment que c'en était fini de mon beau projet de me coucher tôt pour dormir au plus vite.

Une heure et demie plus tard, c'est totalement frustrée que je refermai mes livres. Impossible de se concentrer entre la musique et les rires haut perchés qui se faisaient entendre à tout bout de champ.

Fixant le battant de ma porte, je restai indécise. J'avais peu d'espoir de réussir à m'endormir, mais peut-être que prendre une infusion m'aiderait à me détendre juste assez pour que faute de sommeil réparateur, je puisse au moins me « reposer ».

Décidant que Nicolas n'était pas le maître des lieux et que je pouvais bien circuler à mon gré dans la maison, je me levai.

Une fois dans la cuisine, j'eus le plaisir de vaquer à mes occupations sans avoir croisé personne. Mais mon plaisir fut de courte durée. Alors que je m'apprêtais à remonter, ni vu ni connu, la porte de la cuisine s'ouvrit sur les trois invitées.

Ils auraient voulu faire cliché que les hommes de la soirée n'auraient pas mieux fait : la blonde, la brune, la rousse. Un fugace instant, cela me rappela les blagues vaseuses de mon enfance :

« Une blonde, une brune et une rousse vont au paradis. Dieu leur dit :

— Si vous dites la vérité vous irez au paradis, sinon tout droit en enfer.

La brune dit :

— Je pense être la plus intelligente.

Et hop ! En enfer…

La rousse dit :

— Je pense être la plus belle.

Et hop ! En enfer…

La blonde dit :

— Je pense…

Et hop ! En enfer. »

Oh ! Comme j'aimerais être Dieu en cet instant pour envoyer ces trois-là et leurs regards méprisants en enfer.

Jugeant préférable de ne pas leur accorder la moindre attention, je tentai de les contourner pour retourner dans ma cachette – ma chambre – quand la blonde ouvrit la bouche :

— Tu dois certainement être Jade.

— En effet, répondis-je, méfiante.

— J'ai lu des choses sur toi. J'avoue ne pas vraiment aimer les femmes dans ton genre. Et obliger Nicolas à vivre ici… À ta place, je me ferais une raison, tu n'arriveras pas à extorquer quoi que ce soit à la famille Delacroix comme tu l'as fait avec le vieux. Et ce, d'autant plus que pour Nicolas tu n'es qu'une vermine qu'il a hâte d'écraser et pour qui il n'a aucun respect. Je ne peux d'ailleurs que l'approuver quand je te vois. Tu crois vraiment qu'un homme comme lui pourrait se laisser séduire par… toi ?

Honnêtement ? En cet instant j'étais bouche bée. Le ton méprisant qu'elle avait utilisé me choquait. Elle était tout de même « chez moi ».

Quand je repris mes esprits, je quittai d'un pas furieux la cuisine en direction du salon sans même lui avoir répondu.

La pièce était un vrai fumoir. Impossible de respirer

correctement. Il me faudrait des jours pour réussir à évacuer cette odeur de cigarette de la pièce.

La colère me donnant des ailes, je vins me planter devant Nicolas et lui retirai sa cigarette de la bouche.

Je n'eus pas le temps d'en placer une qu'Aiden s'adressa à son frère :

— Tu avais dit que Jade était absente ce soir.

— Que veux-tu, j'ai dû prendre mes rêves pour la réalité.

Il avait prononcé ces derniers mots en me fixant droit dans les yeux. Pour moi, ce fut la déclaration de trop. Tous les regards étaient rivés sur nous, toutes les personnes présentes savaient qu'il cherchait à se débarrasser de moi et il venait de le proclamer à haute voix des fois que quelqu'un ait encore des doutes. Ayant toujours ma tasse de thé à la main, je lui renversai le liquide brûlant sur la tête avant de quitter la pièce bercée par les hurlements de rage de Nicolas, l'éclat de rire d'Aiden et les petits cris offusqués des trois poupées Barbie.

Mais ce n'était pas encore assez. Nicolas me paierait très cher cette humiliation.

7

Les hostilités avaient donc officiellement repris, et j'étais bien décidée à sortir victorieuse de cette guerre. Hors de question de déménager. J'avais récemment été prête à céder à la pression, j'avais commencé à chercher un appartement où loger, mais je venais de changer d'avis. J'étais là et je comptais bien y rester.

Grâce à la noyade de ses appareils électroniques, j'avais déjà compris que ce cher Nicolas était très matérialiste. Gare à celui qui abîmait ses joujoux. N'ayant plus accès à sa chambre, je dus trouver autre chose…

Une idée ne tarda pas à germer. Il me suffisait d'attendre le bon moment, et celui-ci ne tarda pas.

Après une première semaine de stage éprouvante, avec un repos épisodique causé par un homme qui prenait plaisir à m'empêcher de dormir la nuit en faisant un bruit monstre dans la maison – cet homme ne dormait-il jamais ? –, il ne fut pas difficile pour moi de deviner après une soirée silencieuse qu'il devait certainement avoir quelque chose d'important à faire le lendemain pour que ça me vaille une accalmie dans ce cauchemar qu'était redevenu mon quotidien.

C'était le moment idéal pour une vengeance...

Filant au rez-de-chaussée sans émettre un seul bruit, j'attrapai les armes du futur crime et me glissai à l'extérieur. Il était dommage de devoir attendre toute une nuit pour voir sa réaction et en même temps... J'allais savourer chaque instant... Le plaisir différé pouvait parfois avoir son charme...

Je ne fus pas longue dans la mise en œuvre. Ensuite, cachant ce qu'il restait des pièces à conviction, je retournai me coucher, un sourire aux lèvres. Le lendemain n'arriverait jamais assez vite.

Cette nuit-là, je pus enfin dormir d'un sommeil profond. Quand mon réveil sonna – pourtant plus tôt que les jours précédents – j'étais reposée.

Je connaissais les habitudes de Nicolas. Il me restait une demi-heure avant qu'il ne parte travailler. Je filai donc en vitesse dans la salle de bain pour une douche rapide. Ensuite, alors qu'il passait le seuil de la maison, je courus au salon pour guetter sa réaction à travers la fenêtre.

Au travers du rideau, je l'espionnais en retenant à grand-peine mon hilarité. Il était littéralement statufié devant son Audi TT, contemplant mon œuvre de la nuit. Le magnifique véhicule noir était désormais enrubanné de papier toilette blanc, le tout étant plaqué contre la carrosserie grâce au sirop d'érable dont les flacons vides reposaient désormais au fond de la poubelle. En prime, les quatre pneus étaient à moitié dégonflés. Cette vengeance pouvait paraître puérile, mais en cet instant c'était tellement bon !

Mon rire finit par franchir mes lèvres au moment où il porta son poing à sa bouche, le mordant très certainement pour s'empêcher de hurler sa colère, les yeux fermés durant un court instant, comme s'il faisait un terrible effort sur lui-même pour se contenir.

Il les rouvrit en même temps que de tourner son visage vers la maison. Son regard capta immédiatement le mien, et je sus que j'avais intérêt à me cacher et vite.

Je n'en eus malheureusement pas le temps. J'avais à peine atteint le pied de l'escalier que la porte d'entrée claquait, puis je sentis un bras me saisir par la taille, me soulever de la première marche pour me placer entre lui et le mur. J'étais coincée.

— As-tu seulement conscience que ta farce stupide va me faire louper un rendez-vous important ? me demanda-t-il d'une voix assombrie par la rage.

— Quel dommage ! Tu devrais peut-être déménager.

— Je n'ai pas le temps pour ces gamineries, Jade. Donne-moi les clés de ta voiture.

— Hors de question ! Je dois être au travail dans deux heures. Tu n'as qu'à appeler un taxi.

— Toi tu l'appelleras. Moi, je n'ai pas de temps à perdre.

Me hissant sur la pointe des pieds pour avoir mon visage aussi près que possible du sien, je lui soufflai :

— Comme c'est dommage…

Puis, lui passant sous le bras, je retournai en direction des escaliers.

Il devait être écrit que je ne réussirais jamais à grimper ces fichues marches, car la main de Nicolas se referma sur mon poignet pour me ramener entre lui et le mur. Je n'eus pas le temps de protester que ses lèvres se refermèrent violemment sur les miennes, sa langue s'introduisant quasiment de force dans ma bouche. J'aurais pu fort bien m'offusquer, si je n'y avais pas pris autant de plaisir. C'était comme si la violence de ce baiser m'excitait plus encore que s'il s'était montré tendre. Un baiser à la hauteur de nos relations. Une des mains de Nicolas se posa sur ma nuque, m'obligeant à relever un peu plus la tête afin qu'il puisse approfondir son exploration. Sa seconde main, elle, se promenait un peu partout sur mon corps, elle glissait sur moi, s'insinuant sous mes vêtements, détachant le bouton de mon jean.

De mon côté, je n'étais pas en reste. Les boutons de sa chemise avaient déjà volé en éclats, me laissant libre accès à son torse lisse et musclé et je m'attaquai désormais à la ceinture de son pantalon.

De nous deux, il fut le plus efficace, et quand mon jean atterrit à mes chevilles, il me souleva pour que je m'agrippe autour de ses hanches et me plaqua plus fermement contre le mur, me faisant ainsi ressentir la puissance de son excitation.

Il ondulait contre mon bas-ventre, me faisant pousser des gémissements de plaisir. C'était tellement… sauvage !

Et puis, comme si l'endroit où nous nous trouvions n'était plus approprié, il raffermit sa prise sous mes cuisses et commença l'ascension de l'escalier. Quand mon dos quitta le mur, par réflexe mes mains stoppèrent leur exploration pour aller se raccrocher autour de sa nuque. Mais à aucun moment nos lèvres ne se quittèrent. En tout cas pas avant qu'il ne me dépose sur un matelas.

Je n'avais aucune idée de la chambre dans laquelle il nous avait emmenés, et dans l'immédiat c'était le cadet de mes soucis.

Penser à ce que nous étions en train de faire, que ce n'était vraiment pas l'idée du siècle, que je le regretterais probablement… Ce n'était pas pour tout de suite. Dans l'immédiat, mon cerveau avait cessé de fonctionner pour profiter au maximum des sensations que cet homme que je méprisais avait fait naître dans mon corps.

Nous n'étions plus que deux corps en fusion. Sa bouche parcourait chaque parcelle de mon corps tandis que je marquais le sien de mes ongles sous l'effet du plaisir qu'il me procurait. Je tentai au maximum de rester silencieuse, même si je n'arrivai pas totalement à retenir mes gémissements de plaisir, je n'allai pas au-delà et j'essayai de garder le contrôle. Pourtant, quand il reprit possession de ma bouche et écarta mes jambes de son genou pour venir en moi, je ne pus retenir mon cri d'extase. C'était le bonheur total… Ses mains maintenaient ma tête plaquée contre le matelas tandis qu'il possédait ma bouche avec autant de passion qu'il possédait mon corps.

L'orgasme qui nous submergea fut aussi violent que notre

étreinte avait été passionnée.

Et pourtant, je n'étais même pas encore revenue au présent qu'il se leva, se dirigea vers l'armoire pour en sortir de nouveaux vêtements – tiens ! C'est dans sa chambre que nous avions atterri – et commença à s'habiller. Tout à ma torpeur, je n'eus même pas la présence d'esprit de riposter quand il partit en déclarant :

— Donc on est d'accord. Je prends ta voiture, tu prends le taxi. Bonne journée à toi, Jade.

8

Débuta alors une nouvelle routine dans notre guerre. Oh ! Nous étions toujours, l'un comme l'autre, campés sur nos positions. Lui dans sa volonté à me voir partir, et moi dans celle de lui résister coûte que coûte.

Là où la donne avait changé, c'était dans la façon dont nos disputes se terminaient désormais. Nous finissions inévitablement au lit, ou ailleurs en fait. Le point important étant que nous finissions nus.

Mon stage s'était terminé dans cette ambiance tendue et mes cours avaient repris. Je pouvais maintenant voir Chloé tous les jours, celle-ci m'étant d'un grand soutien pour dédramatiser les tentatives de son frère à me faire déguerpir.

Elle semblait d'ailleurs trouver très divertissant que quelqu'un s'amuse à tenir tête à son frère, et elle avait hâte de voir comment tout cela se terminerait. Bien entendu, j'avais omis de lui préciser que je couchais avec l'ennemi, elle aurait certainement jubilé de le savoir, ou alors elle aurait paniqué en se demandant comment tout cela risquait de finir. Moi, je pouvais d'ores et déjà le lui dire : mal. Car ce type de situation finissait toujours mal.

Nous étions vendredi matin, j'avais hâte d'être en week-end pour décompresser un peu. Au programme pour la soirée : boîte de nuit entre filles. Une heure avant mon départ pour l'école, la sonnette de l'entrée retentit. Étant à l'étage, c'est Nicolas qui ouvrit la porte.

Deux minutes plus tard, il débarqua dans ma chambre, un regard narquois gâchant la beauté de son visage, pour m'annoncer que j'avais de la visite. Alors que je le dépassai pour aller voir de qui il s'agissait, il ajouta :

— Alors ? À qui as-tu essayé d'extorquer quelque chose cette fois ? À en croire la présence des policiers en bas, il semblerait que cette fois tu vas devoir rendre des comptes.

Oh, bon sang ! Et dire que je couchais avec cet homme. Comment pouvait-il me mettre dans son lit, et en même temps avoir si peu d'estime pour moi ?

Décidant d'ignorer sa pique, je descendis au rez-de-chaussée où deux policiers discutaient à voix basse. Quand ils prirent conscience de ma présence, ils stoppèrent net leur conversation pour que l'un d'eux puisse s'adresser à moi :

— Mademoiselle Jade Trévaux ?

— C'est moi.

— Mademoiselle, Monsieur Joseph Daulisson est-il bien votre père ?

— En effet.

À la mention de mon père, je ne pus m'empêcher de me crisper. Et la présence de Nicolas, que je sentais derrière moi, n'avait rien de réconfortant. Je pressentais qu'il devait désormais être encore plus à l'affût de ce qui allait se dire après la révélation que le policier venait malgré lui de lui faire.

De leur côté, les deux policiers semblaient hésiter à continuer. Celui qui était le plus près de la porte, visiblement un jeune fraîchement sorti de l'école, regardait partout, les mains derrière le dos, faisant son maximum pour ne pas avoir à affronter mes yeux interrogateurs. Ce fut finalement le plus âgé d'entre eux qui prit la parole :

— Mademoiselle, nous avons été contactés par la police locale de Kuta. Votre père et votre belle-mère ont été admis il y a vingt-quatre heures à l'hôpital privé BIMC. Les premières investigations laissent à penser qu'ils auraient pu être empoisonnés.

À ces mots, mes oreilles se mirent à bourdonner. La totalité de mon corps se crispa plus encore qu'il ne l'était déjà, mes doigts se figèrent autour de la rambarde de l'escalier. La dernière phrase du policier fut celle qui m'envoya dans le néant, le noir total m'envahit, ma conscience quitta mon corps quand il m'asséna :

— Votre belle-mère a été placée aux soins intensifs. Pour votre père, malheureusement, les secours n'ont rien pu faire.

Lorsque je repris conscience, j'étais allongée sur le canapé avec une serviette humide sur le front. Nicolas se tenait sur la table basse, le regard lointain, les mains rejointes en un poing sous son menton.

Nous étions seuls, et durant un court instant j'eus l'espoir que mon souvenir le plus récent ne fût qu'un horrible cauchemar. Pourtant, lorsque mes yeux finirent par croiser ceux de Nicolas, je sus que c'était la réalité.

En prendre conscience et réaliser que je venais de perdre mon père firent rouler des larmes silencieuses le long de mes joues.

Même si nous avions été séparés par des milliers de kilomètres depuis son départ pour l'étranger, j'avais toujours su qu'il était là, quelque part, à profiter de la vie.

Désormais, il n'était plus et je me retrouvais orpheline de père et de mère. La vie pouvait-elle être plus cruelle ? J'espérais que non, car je ne serais pas certaine d'y survivre.

Lorsqu'un hoquet finit par m'échapper, Nicolas quitta sa place pour venir me prendre dans ses bras.

Nous restâmes un long moment ainsi, moi blottie dans le creux de ses bras à me noyer parmi mes larmes et lui, à me bercer doucement en murmurant des paroles qu'il jugeait peut-être réconfortantes, mais qui n'arrivaient pas à percer la barrière de mon anéantissement.

Je n'avais aucune idée du temps que nous passâmes dans ce canapé, mais lorsque je finis par m'écarter de son torse chaud, mais désormais trempé, il faisait presque nuit. Aucun mot ne fut prononcé ce soir-là. J'entendis vaguement Nicolas passer quelques appels, puis il m'apporta un bouillon auquel je ne touchai pas avant qu'il m'emporte dans ses bras pour me transporter jusqu'à sa chambre.

Bizarrement, je dormis bien cette nuit-là. Ce fait étrange, au vu des circonstances, était-il dû au fait que Nicolas m'avait gardée toute la nuit dans une étreinte protectrice ? Je n'en avais aucune certitude, mais si paisible qu'ait été la nuit, cela n'empêcha nullement les souvenirs de l'annonce de la veille de remonter brutalement à la surface sitôt mes yeux ouverts.

Je laissai échapper des larmes silencieuses. J'avais l'impression que ma vie n'avait plus de sens. J'avais déjà perdu ma mère dans ma petite enfance, désormais, j'allais devoir enterrer mon père.

Qui serait là désormais pour me dire que tout irait bien ? Vers qui pourrais-je me tourner quand toute ma vie partirait à vau-l'eau comme elle l'avait fait dernièrement ?

Dans la situation présente, l'avenir m'angoissait au plus haut point et je n'avais aucune idée de ce que je devrais faire en premier.

Un mouvement de l'autre côté du lit me tira de mes sombres pensées. Nicolas venait de se réveiller et fixait son regard déjà alerte sur moi.

Je n'avais pas envie de l'entendre. Pas quand la dernière phrase qu'il m'avait dite avant l'annonce fatale me jugeait durement une fois de plus et me classait à nouveau dans la catégorie des « garces vulgaires prêtes à tout pour de l'argent ».

Rejetant les couvertures, je quittai sa chambre pour aller m'enfermer dans la salle de bains.

Ma journée allait être chargée. Pour commencer, je devais appeler l'avocat de mon père. Il devait très certainement savoir ce qu'il convenait de faire dans de telles circonstances. Je devais également appeler l'école de sage-femme pour leur demander un congé exceptionnel. J'allais aussi devoir m'occuper du rapatriement de ma belle-mère et du corps de mon père. Cette dernière et moi n'avions jamais été proches, mais elle n'était pas un monstre et j'imaginais sans peine la douleur qui devait certainement être sienne à l'heure actuelle.

9

Les jours qui suivirent défilèrent rapidement au travers d'un brouillard que je ne parvenais pas à percer.

Le lendemain de l'annonce du décès de mon père, j'eus la surprise de découvrir Chloé dans la cuisine. Avec son aide, ajoutée à celle de son mari et de Nicolas, je pus tout organiser le plus rapidement possible.

Il ne fallut que deux jours pour faire rapatrier ma belle-mère qui malgré tout, restait en observation à l'hôpital de la Pitié-Salpêtrière. Elle ne sortirait que pour l'enterrement de mon père, après quoi, je me préparais psychologiquement à aller vivre quelque temps chez elle afin de la soutenir au mieux dans l'épreuve qu'elle traversait.

L'école avait accepté que je m'absente le temps de mettre en ordre les affaires de mon père, mais ne pouvait m'accorder un délai trop long sous peine de devoir me faire redoubler.

Pour le reste, l'avocat de mon père prit tout en charge, avec l'aide de Nicolas. Malgré nos relations chaotiques, il était le plus apte de nous deux à gérer tout ce qui avait trait aux affaires de mon père.

Le seul inconvénient à toute l'aide qui me fut apportée, fut les longues heures que cela me laissa pour me morfondre. Mes souvenirs tournaient en boucle dans ma tête. Les bons comme les mauvais.

Je me souvins de cette fois où mon père était rentré du bureau pour me trouver dans sa chambre à dessiner sur ses dossiers. Après le choc de découvrir que j'avais réussi à ouvrir son coffre-fort était venue la colère pour tous ces dossiers que je venais de détruire. Mais finalement, il avait ravalé sa rage pour venir s'extasier sur mes œuvres.

Certains souvenirs étaient difficilement surmontables, comme ce jour où il était revenu totalement dévasté de l'hôpital et avait dû annoncer à la petite fille que j'étais à l'époque que « Maman » nous avait quittés. Je les avais détestés, ma mère et lui. J'étais entrée dans une telle crise de fureur que j'avais absolument tout détruit dans ma chambre pour finalement m'allonger au milieu de mon lit pour évacuer toutes les larmes que mon petit corps d'enfant de quatre ans pouvait contenir.

Deux ans plus tard, il avait épousé Adrienne. La version officielle voulait qu'il ait eu la chance de retrouver l'amour après avoir perdu ma mère. C'était du moins ce qu'ils avaient tous voulu me faire avaler.

En réalité, les médecins avaient à l'époque découvert un cancer prostatique à mon père. Il avait eu tellement peur de décéder à son tour en me laissant seule au monde qu'il avait décidé de se remarier.

Il avait eu une rémission après les traitements et j'étais persuadée qu'avec les années il avait appris à sincèrement aimer ma belle-mère.

Par contre, entre elle et moi, cela n'avait jamais été l'amour fou. Mais nous nous respections et cela suffisait amplement.

Chaque jour nous approchant du jour des funérailles m'apportait sa dose de souvenirs. Chaque nuit, Nicolas dormait à mes côtés, même si je continuais de refuser de lui adresser la parole – sauf cas de force majeure.

Le jour J finit par arriver. J'avais refusé de me recueillir près du corps mis en bière de mon père. À ma demande, le cercueil était fermé pour toute la durée de la cérémonie. Et en accord avec les dernières volontés de mon père, son corps allait être incinéré et ses cendres confiées à ma belle-mère.

Nicolas et Chloé me tinrent chacun une main durant tout le discours de l'officiant.

Lorsque la crémation du cercueil débuta, je ne pus soutenir les images retransmises sur un écran de télévision qui se trouvait dans une salle où l'on nous avait invités à pénétrer. Ce fut donc la tête dans le creux de l'épaule de Nicolas, mes larmes inondant son costume hors de prix, et ses bras solidement placés autour de ma taille et dans mon dos pour me soutenir que je fis mes derniers adieux à mon père.

Le reste de la journée fut ensuite pour moi assez vague. Ma belle-mère avait fait organiser une réception dans l'appartement parisien dans lequel mon père et elle avaient vécu jusqu'à il y a peu. Elle y avait convié les plus proches amis de mon père, ainsi que ses anciens collaborateurs, et affichait un visage totalement dévasté par le chagrin et fatigué. Je me demandai un court instant si cette « réunion d'adieu » avait été organisée afin de permettre aux gens de se recueillir sur le souvenir de mon père ou bien par peur de la solitude qui allait désormais régner en maître sur son quotidien.

Lorsque les premiers invités commencèrent à quitter les lieux sur de derniers hommages, Nicolas sonna également le départ pour nous.

Je le laissai m'accompagner auprès d'Adrienne pour la saluer une dernière fois et l'informer que je repasserais le lendemain, puis me guider ensuite tout droit vers le véhicule noir d'Aiden qui nous attendait à l'extérieur.

Aiden et Chloé étaient venus nous chercher le matin même, et pour une fois sans leur gorille Mickael. J'aurais pu protester à propos du fait qu'ils nous accompagnent, après tout, cela les avait obligés à faire un détour par la banlieue alors qu'ils habitaient à Paris même. Mais leur soutien ce jour-là m'avait été précieux et j'étais de toute façon trop épuisée émotionnellement pour me rebeller pour quoi que ce soit. Je m'endormis d'ailleurs à peine la voiture insérée dans la circulation.

À un moment donné, j'eus vaguement conscience de flotter, mon corps blotti contre une ferme source de chaleur, encerclé par des bras puissants, et entouré par l'odeur virile de Nicolas. J'éprouvais un tel bien-être à être là que je me rendormis aussitôt.

10

Le lendemain matin, j'avais eu la surprise de me réveiller dans une chambre qui n'était pas la mienne ni celle de Nicolas. Une chambre dans laquelle j'avais certes déjà dormi, mais dans laquelle je ne m'étais pas attendue à me réveiller ce matin-là.

J'étais dans l'appartement de Chloé. Dans sa chambre d'amis. Celle-là même où je m'étais disputée avec Nicolas après avoir noyé son ordinateur et son téléphone dans l'évier de la cuisine.

À ce souvenir, un léger sourire s'inscrivit sur mes lèvres. Juste avant que je ne me rappelle les raisons pour lesquelles j'étais ici : la veille, j'avais fait mes derniers adieux à mon père.

Je n'avais aucune idée de l'heure qu'il pouvait être, mais le soleil perçait déjà à travers les rideaux, j'avais une forte envie d'aller aux toilettes et surtout, je devais aller voir ma belle-mère, faire mes bagages pour emménager chez elle. Je devais songer également à me replonger dans mes cours, même si le cœur n'y était pas vraiment.

Après un détour rapide par la salle de bains, j'arrivai presque fraîche et dispose dans la cuisine de mon amie. S'y trouvaient déjà Chloé, Aiden et Nicolas. Les deux hommes avaient une tasse de café à la main, tandis que Chloé arborait son éternelle tasse de chocolat chaud.

Alors que je me servais à mon tour une tasse de café, Nicolas prit la parole :

— Alors, qu'as-tu prévu aujourd'hui ?

— Je vais aller voir ma belle-mère, ensuite j'appellerai l'école pour les informer que je reprendrai les cours dès demain, lui répondis-je après avoir pris le temps d'avaler une gorgée de café.

— Tu ne trouves pas que c'est un peu tôt ? Tu devrais peut-être te reposer encore un peu.

— Et tourner en rond ? Non. Je préfère reprendre le cours de ma vie. Ça m'évitera de trop penser.

— Comme tu veux. Mais ménage-toi malgré tout.

Tant de sollicitude finit par me faire sortir de mes gonds… Avais-je besoin de passer par la colère pour évacuer tout ce que j'avais vécu ces derniers jours ? Peut-être bien. En tout cas, Nicolas en fit les frais.

— Je peux savoir ce qui te prend exactement ? Dois-je te rappeler tes propos, juste avant que l'on m'annonce le décès de mon père ? Ou encore l'opinion que tu avais de moi depuis que j'ai emménagé chez ta sœur ? Et là, d'un coup, Monsieur est aux petits soins pour moi, il me console, comme s'il n'y avait jamais eu aucun désaccord entre nous… Eh bien, tu sais quoi ? Je ne veux pas de ta sollicitude. Reste tel que tu étais avant, ça m'allait très bien.

Sans lui laisser le temps de répliquer quoi que ce soit, et sans même un regard pour mon amie et son mari, je quittai la pièce en direction de l'entrée. Cinq minutes après, j'entrai dans la bouche de métro la plus proche.

Il me fallut peu de temps pour rallier l'appartement de ma belle-mère, motivée et pleine de bonnes résolutions. Mais à peine avais-je fait un pas dans l'appartement que ces dernières s'envolèrent.

Finis les projets de venir vivre quelque temps chez elle –

devais-je m'en attrister ? Je n'en étais pas certaine : je n'eus même pas le temps de la saluer comme il se devait qu'elle m'annonça qu'elle partait le jour même pour l'appartement que mon père et elle possédaient dans le sud de la France.

Son discours me sembla un peu décousu. Elle vaquait d'un bout à l'autre de l'appartement, mettant des vêtements dans des valises, des objets sous cartons, ne cessant de répéter que mon père n'aurait pas souhaité qu'elle se replie sur elle-même pour l'instant d'après s'effondrer en larmes à cause de ce destin cruel qui lui avait retiré l'homme qu'elle avait aimé et pour qui elle avait sacrifié une grande partie de sa vie.

Dans toute cette agitation, elle me remit une enveloppe, m'indiquant que c'était pour moi, avant de retourner à l'organisation de son départ. Je supposai qu'elle avait pris connaissance de son contenu puisque l'enveloppe était décachetée et donc la mis au fond de mon sac sans même y jeter un œil, persuadée qu'elle m'aurait informé si ce qui était à l'intérieur était important.

Après une heure à la suivre de pièce en pièce, à l'écouter me faire son discours décousu, je finis par la laisser en lui disant simplement de ne pas hésiter à m'appeler si elle en ressentait le besoin.

De retour chez moi, je montai directement à l'étage pour reprendre une douche et changer de vêtements. Après quoi, je ressortis mes livres de cours et entamai mes révisions.

En début d'après-midi, j'informai l'administration de l'école de mon retour en début de semaine suivante, puis retournai bachoter.

Ce fut le claquement de la porte d'entrée qui me tira de ma concentration plusieurs heures plus tard. Le soleil était sur le point de se coucher.

Je ne m'étais pas attendue au retour de Nicolas dès ce soir. Pas après la scène que je lui avais faite chez sa sœur. Aussi, lorsqu'il passa le seuil de ma chambre, le regard empli de détermination, je ne pus m'empêcher de rougir.

Il restait là, l'épaule calée contre le chambranle de ma porte, à attendre.

Devais-je lui faire des excuses ? Il devait certainement les attendre, mais il était hors de question de lui faire ce plaisir. Après tout, je n'avais fait qu'énoncer une vérité.

Il finit par briser le premier le silence tendu qui s'était installé.

— J'aimerais comprendre quelque chose.

Continuant à le fixer droit dans les yeux, je restai muette, attendant la suite.

— Pourquoi m'avoir laissé croire toutes les âneries que je t'ai débitées ? Et pourquoi ne portes-tu pas le nom de ton père ? Cela aurait simplifié bien des choses…

— Peut-être pour toi, et encore, je ne parierais pas là-dessus. Mais jusqu'à présent, c'est de ne pas porter le nom de mon père qui me simplifiait la vie, au contraire. Et puis, tu t'étais déjà fait une opinion sur moi, sans même me connaître. Pourquoi aurais-je dû prendre la peine de me défendre et t'informer que tu étais dans l'erreur ?

— Au début, je peux concevoir que ta fierté t'ait fait garder le silence, mais ensuite ?

— Ensuite, nous avons simplement couché ensemble, Nicolas, et même si tu y as pris du plaisir autant que moi, je suis également prête à parier que si c'était à refaire, tu t'abstiendrais.

— Ne parie pas trop, ma belle, tu risquerais de perdre. Quoi qu'il en soit, je te dois des excuses. Et je te les présente. J'ai été injuste avec toi. Je vais préparer mes bagages, je te laisse la maison, je retourne chez moi.

— Nicolas, ne pus-je m'empêcher de l'appeler alors qu'il se détournait, tu sais, tu n'es pas obligé de partir… Je…

— Je préfère rentrer chez moi, Jade. Au fil des semaines, j'ai appris à t'apprécier, même si j'ai fait le con le jour où… Bref, j'aimerais que nous repartions sur de nouvelles bases. Et pour bien faire, il serait plus simple que nous ayons chacun notre chez-nous.

Et il partit dans sa propre chambre, ne me laissant pas le temps de dire quoi que ce soit de plus.

11

Mon retour à l'école se passa mieux que je ne l'avais pressenti. Aucun camarade ne me porta d'attention particulière – en même temps, peu de personnes avaient fait le lien entre la mort de Monsieur Daulisson par empoisonnement et la mort prématurée du père de Jade Trévaux. Et comment auraient-ils d'ailleurs pu faire le lien ?

La veille, je n'avais pas donné les raisons pour lesquelles je ne portais pas le nom de mon père, et je ne comptais pas m'en expliquer. Ou tout du moins, si je le faisais un jour, ce ne serait pas Nicolas qui récolterait mes confidences.

Chloé resta à mes côtés toute la journée, me jetant de temps à autre des regards un peu curieux. Elle semblait s'inquiéter pour moi, et en même temps se retenir d'intervenir pour me laisser dans ma bulle d'illusion, comme si faire semblant que tout était pour le mieux dans le meilleur des mondes était la solution idéale pour oublier les épreuves traversées récemment.

À l'heure du déjeuner, elle ne put se retenir plus longtemps… Nous avions à peine passé la porte de la salle de cours qu'elle m'interrogea :

— Nicolas nous a dit qu'il retournait dans son appartement. Tu vas te retrouver seule dans la grande maison. Ça va aller ? Ou tu veux que je vienne m'installer quelque temps avec toi ? Parce que ça ne me poserait aucun problème, tu sais…

— Ça risquerait de poser un problème à ton mari par contre, l'interrompis-je, avec un léger sourire en coin. Je ne suis pas certaine de vouloir me mettre à dos le second frère Delacroix alors que le premier vient seulement de faire amende honorable.

— Alors tu lui as pardonné son comportement ? Il m'a volé dans les plumes quand il a compris que l'homme auquel avaient fait référence les journaux était en réalité ton père. Il m'a accusée de lui avoir caché des informations fondamentales, dit-elle en pouffant.

— Pauvre petit chéri… S'il avait clairement posé les questions plutôt que de faire les réponses lui-même… Tu sais, lui dis-je en arrêtant de marcher un instant pour la regarder en face, il m'a présenté ses excuses, et je veux bien croire qu'il a principalement agi ainsi pour te protéger toi. Mais si je veux être vraiment franche, vers la fin, nos disputes me plaisaient bien. Je m'y étais habituée et y avais vraiment pris goût…

— Tu avais pris goût aux disputes ou au corps de mon frère ? D'ailleurs, je devrais te passer un sacré savon pour m'avoir caché que vous couchiez ensemble.

À ces mots, je me sentis rougir jusqu'aux oreilles.

— Je… Non, on ne… Enfin si, mais… comment l'as-tu découvert ? soupirai-je.

— Oh, s'il te plaît… C'était évident… Vous étiez de véritables ennemis et au décès de ton père, tu restes collée à lui, il dort avec toi dans mon appartement, te couve du regard comme s'il avait peur que tu te brises d'un instant à l'autre. Je n'avais jamais vu mon frère agir ainsi… Et puis, tu rougis quand tu le regardes ou qu'on parle de lui, c'est trop mignon…

Je levai les yeux au ciel à sa dernière réplique.

— Bon, allons manger avant que tu ne dises plus d'âneries.

Ensuite, direction la bibliothèque pour travailler.

— Tu n'en as pas assez parfois de travailler autant ?

Nous arrivâmes en dehors de l'école. Nous avions prévu de manger dans un bistrot. Je me retournai, au bord du trottoir pour lui faire face et lui rétorquer :

— Comment veux-tu arriver dans les premières de la promo si on ne bosse pas d'arrache-pied ?

À cet instant, un crissement de pneus se fit entendre et me fis pivoter sur moi-même, juste à temps pour voir un conducteur perdre le contrôle de son véhicule et foncer droit sur… moi. Par réflexe, je fis un bond de côté, échappant miraculeusement à la collision, mais m'écrasai lourdement sur mon bras gauche. Une douleur sourde envahit immédiatement mon épaule tandis que la voiture reprenait une trajectoire correcte et s'éloignait comme si rien ne s'était produit.

Chloé arriva sur moi l'instant d'après. Elle roulait des yeux paniqués et ne semblait pas savoir quoi faire… Quant à moi, je jurais comme un charretier à cause de la douleur.

Finalement, elle finit par reprendre ses esprits, enfin presque...

— Bon, euh… Il faut qu'on t'emmène à l'hôpital. Je… Euh… J'appelle les pompiers ?

J'avais trop mal pour penser à son amour-propre et lui rétorquai sèchement :

— Bon sang, Chloé, l'école est rattachée à l'hôpital. Pourquoi veux-tu appeler ces satanés pompiers ? Aide-moi à me relever et à aller jusqu'aux urgences plutôt.

Mon ton sec sembla la ramener une fois pour toutes à la raison. Sans un mot de plus, elle m'aida à me remettre sur pied, se saisit de mon sac et nous partîmes vers les urgences.

Une fois sur place, il nous fallut bien entendu attendre. Des urgences plus vitales passaient avant nous. Mon bras me faisait souffrir le martyre au niveau de l'épaule, à l'inverse, j'avais l'impression de perdre les sensations au niveau des extrémités. J'avais également mal à la tête. Je m'étais certainement cognée légèrement en tombant.

Enfin notre tour arriva – enfin, mon tour. Chloé resta en salle d'attente le temps qu'un médecin m'ausculte.

J'étais dans la salle d'examen depuis deux minutes lorsqu'un interne débarqua, les yeux rivés sur le dossier qu'il avait entre les mains.

— Mademoiselle Trévaux ?

— Oui.

— Vous venez consulter suite à un traumatisme. C'est bien ça ?

— Je me suis fait mal en me réceptionnant sur mon bras.

Ses yeux étaient toujours rivés sur ses papiers. Il finit malgré tout par les poser sur la table d'examen pour me regarder.

— Bien, voyons ça. Je vais vous demander de retirer votre haut s'il vous plaît.

Je m'exécutai, difficilement. À aucun instant il ne m'aida, me laissant me débrouiller. Je me bénis moi-même d'avoir opté pour un simple débardeur accompagné d'un gilet assez épais. Je ne m'en serais jamais sortie avec un pull.

Après un rapide coup d'œil, et sans même m'avoir touchée, il déclara qu'il me fallait une radio de l'épaule.

— Bien, avant de vous envoyer à la radiologie, je dois vous demander si vous êtes enceinte.

Sa question me détourna brutalement de ma douleur. Enceinte ? Mais c'était quoi cette question ?

— Non, bien sûr que non, je ne peux pas...

Je m'arrêtai de moi-même dans ma réplique offusquée quand un détail me revint en mémoire. Je n'avais pas eu mes règles. Avec le décès de mon père, je n'y avais pas prêté attention, mais maintenant qu'on m'obligeait à y penser...

— À la tête que vous faites, je suppose que c'est une possibilité. Bon, eh bien on va commencer par vous faire une prise de sang. Et comme nous allons être obligés de faire la radiographie, nous allons demander au personnel de vous mettre un tablier de plomb au cas où, afin de protéger une éventuelle grossesse des rayons.

Au ton sec de sa voix, j'avais l'impression d'être une enfant de quinze ans se faisant sermonner. Mais j'étais encore trop abasourdie pour lui dire quoi que ce soit.

— Une infirmière va venir vous faire la prise de sang, ensuite un brancardier viendra vous chercher pour la radio.

L'instant d'après, il était parti. Chloé arriva dans la minute qui suivit.

— Alors ? Il a dit quoi ?

— Euuh… Je dois passer une radio. Et on va me faire une prise de sang.

— Une prise de sang ? Pourquoi ?

Je regardai mon amie sans vraiment la voir, essayant inlassablement de me souvenir à quand remontaient mes dernières règles. Mais je n'arrivais pas à me le remémorer.

— Jade, qu'est-ce qu'il se passe ?

La question de Chloé troua ma bulle de perplexité.

Derrière la porte, j'entendis soudain une voix bien trop familière. La situation allait rapidement devenir un véritable cauchemar.

Juste avant qu'une infirmière laisse entrer l'homme qui n'habitait désormais plus avec moi, je chuchotai à Chloé :

— Je suis peut-être enceinte.

12

Lorsque Nicolas pénétra dans la salle d'auscultation, ce fut pour être confronté à ma tête toujours abasourdie – et légèrement grimaçante à cause de la douleur – et au regard éberlué de Chloé. Il marqua un temps d'arrêt, nous dévisageant l'une après l'autre. Puis, après un dernier regard pour sa sœur, il finit par fixer ses beaux yeux verts sur moi. Ils étaient emplis d'inquiétude. Sans plus attendre, il s'approcha de moi et plaça ses deux mains en coupe autour de mon visage. Il n'allait tout de même pas m'embrasser là, devant sa sœur ?

Comme s'il avait eu conscience de mon début de panique, il se contenta de poser son front contre le mien.

— Que s'est-il passé ?

J'étais bien incapable de lui répondre, trop troublée par l'émotion que j'avais perçue en lui. Sa sœur prit la parole au moment où une infirmière entrait dans le but évident de me faire la fameuse prise de sang.

— Un conducteur a perdu un court instant le contrôle de son véhicule. Jade a réussi à éviter la collision, mais s'est fait mal en tombant. Le médecin va lui faire une radio.

— Et la prise de sang, c'est pour quoi ?

— Pour rien, répondis-je peut-être trop rapidement. (Sous son regard inquisiteur et suspicieux, j'ajoutai :) un simple contrôle, je me sentais fatiguée ce matin, alors ils vont en profiter pour voir si tout va bien.

J'avais conscience que ce n'était pas vraiment crédible. J'étais venue pour une douleur à l'épaule avec impotence du bras gauche. Aucun service d'urgences digne de ce nom n'aurait fait une prise de sang de contrôle juste parce qu'au détour de la conversation la patiente avait déclaré au passage être plus fatiguée que d'habitude. Mais je ne pouvais en même temps pas lui avouer que j'étais probablement enceinte, d'autant plus qu'il se pouvait que je ne le sois pas du tout. Je paniquais assez pour nous deux.

Il n'eut pas le temps de poser plus de questions, l'infirmière leur demanda de quitter la pièce le temps d'effectuer la prise de sang.

Celle-ci se montra fort aimable, assez douce pour que je n'aie pas mal au moment où l'aiguille perça ma peau. Elle fut tout de même un peu indiscrète en me demandant s'il s'agissait du potentiel « futur papa » et je me fis un plaisir de ne pas lui répondre.

Elle avait à peine terminé qu'un brancardier vint me chercher pour me mener à la radiologie. Il me guida à travers un dédale de couloirs avant de finalement m'abandonner dans une salle d'attente.

L'attente me sembla interminable. De mon point de vue pas du tout objectif, je fus certaine d'avoir patienté sur un siège inconfortable pendant près d'une heure quand mon tour vint enfin et qu'un manipulateur radio me guida vers la cabine, me demandant de patienter quelques instants. Il en profita pour me poser la question « qui fâche », à savoir « Êtes-vous enceinte ? ». Je lui répondis que c'était une possibilité. Contrairement au médecin, il ne montra aucune contrariété à ma réponse, il se contenta de m'informer qu'on allait me mettre un tablier afin de protéger l'éventuel bébé des rayons.

La radiologie en elle-même fut une torture, et je fus bien contente quand on m'annonça que c'était terminé et qu'on allait me raccompagner aux urgences.

De retour en salle d'examen, je retrouvai la compagnie de Chloé et Nicolas. Chloé semblait déjà s'inquiéter de comment je pourrais me débrouiller alors que je vivais seule et que j'allais très probablement être immobilisée quelque temps.

— Ce n'est quand même pas de chance, c'est ton bras gauche en plus. Tu ne pourras même pas écrire les cours.

Elle ne cessait de parler, si bien que je commençais à avoir le tournis à l'écouter déblatérer ainsi. Mais je tentais d'être compréhensive avec elle. Si j'étais blessée, elle, elle avait été témoin de ce qui s'était déroulé et était très probablement encore choquée. Je m'étonnais même que son mari n'ait pas encore débarqué.

Nicolas, lui, se tenait un peu en retrait, gardant le silence, mais son regard restait fixé sur moi. Il semblait songeur. Me voyait-il seulement, ou était-il totalement perdu dans ses pensées ?

Le retour de l'interne m'informa qu'il était pleinement conscient de ce qui se passait autour de lui puisqu'il se redressa dès que la porte s'ouvrit. Chloé, elle, se tut enfin.

— Bon, eh bien, comme vous deviez vous en douter, l'épaule est luxée. La bonne nouvelle, c'est qu'une fois remise en place, et après trois semaines de contention, il n'y paraîtra plus. La mauvaise nouvelle, c'est que nous avons reçu les résultats sanguins. Vous êtes bel et bien enceinte, nous n'allons donc pas pouvoir totalement soulager la douleur pour remettre l'épaule en place.

Je le fixai avec des yeux ronds de stupéfaction. Non seulement cet homme n'avait aucun tact, mais il venait de lâcher une véritable bombe. Je n'osai même pas regarder dans la direction de Nicolas. Il avait très certainement envie de commettre un meurtre.

Le médecin demanda ensuite à Chloé et Nicolas de ressortir de la pièce le temps de faire ce qu'il avait à faire.

La remise en place de mon épaule fut douloureuse, mais ensuite vint le soulagement. Puis, on m'immobilisa le bras contre mon torse. Enfin, après une échographie rapide, on me tendit une prescription d'antidouleurs ainsi que des consignes à suivre, avant de déclarer que je pouvais aller signer les papiers de sortie et rentrer chez moi.

Lorsque je franchis l'entrée des urgences pour rejoindre Nicolas et Chloé en salle d'attente, j'eus la surprise d'y trouver également Aiden accompagné de Mickael.

Aiden tenait Chloé dans ses bras, Nicolas et lui l'écoutant raconter probablement ce qui s'était déroulé un peu plus tôt. Nicolas ne cessait de se passer la main dans les cheveux. Il semblait extrêmement stressé et je n'avais aucun mal à imaginer ce qui se passait à ce moment précis dans sa tête.

Il allait très certainement être furieux, et sa colère allait une fois de plus s'abattre sur moi. Il me jugerait très certainement entièrement responsable de la situation. Il allait probablement m'accuser d'avoir voulu le piéger. Plus je songeais à la manière dont il risquait de réagir, plus ma colère montait par anticipation.

Finalement, il finit par me voir et s'approcha de moi sans aucune hésitation. Instinctivement, je me raidis, dans l'attente. Il me surprit en glissant un bras autour de ma taille et en me serrant brièvement contre son torse. Ensuite, il annonça à Chloé et Aiden qu'il me raccompagnait et me dirigea vers la sortie.

J'étais abasourdie, mais le suivis docilement, non sans jeter un dernier regard à mon amie. Elle me fit un rapide signe de la main accompagné d'un léger sourire.

L'heure de la confrontation était arrivée, et je n'étais pas certaine d'être en état pour ça.

13

Tout le trajet du retour se fit dans un silence tendu. Calée dans le siège en cuir de l'Audi de Nicolas, mon bras plaqué contre ma poitrine, je gardai obstinément le regard fixé sur l'extérieur, appréhendant plus que je ne voulais me l'admettre à moi-même la réaction qu'allait avoir l'homme au volant et la situation dans laquelle je me trouvais.

Comment allais-je bien pouvoir gérer les choses ? Je ne me sentais absolument pas prête à élever un enfant, c'était même absurde de songer un seul instant que je pourrais le garder. J'étais en plein milieu de mes études. Ce serait très certainement devoir faire une croix sur mes rêves si je menais cette grossesse à son terme.

J'aurais pu éventuellement me cacher quelque temps la tête dans le sable si le médecin s'était contenté de me donner les résultats en respectant le secret professionnel, plutôt que de l'annoncer ainsi, devant tout le monde. Et pire encore, après l'annonce du résultat de la prise de sang, il avait débarqué avec un appareil d'échographie afin de s'assurer que le bébé allait bien. J'avais ainsi pu voir ce petit être en devenir, niché au creux de mon ventre.

« Félicitations, vous êtes enceinte de 11 semaines. » Cette phrase tournait en boucle dans ma tête... 11 semaines, ce n'était plus juste un amas de cellules, il avait déjà des bras, des jambes, un cerveau en construction... C'était, pour moi, déjà un bébé... Ajouté au fait que Nicolas était au courant... L'idée qu'il puisse me tenir pour responsable de la situation, qu'il puisse être furieux me chamboulait. Il me fallait absolument me sortir de ma torpeur si je souhaitais pouvoir l'affronter.

Lorsque nous arrivâmes devant la maison que Chloé m'avait prêtée, une ébauche de plan avait commencé à germer dans mon esprit.

Pour commencer, j'allais quitter cet endroit. Je dormirais à l'hôtel le temps de me trouver un appartement.

Je devais également consulter un médecin pour connaître l'étendue de mes choix, qui ne devaient pas être nombreux vu le stade de la grossesse. Ensuite... Eh bien, ensuite, j'aviserais...

Le frein à main à peine serré, j'ouvris la portière pour m'extirper du véhicule et m'éloigner le plus possible de Nicolas.

Mais c'était sans compter que je fuyais en oubliant mon sac dans la voiture et donc les clés pour entrer dans la maison.

Dépitée, je posai ma tête contre la porte et fermai les yeux.

Nicolas s'approcha, toujours silencieux, inséra la clé dans la serrure et, une main posée sur ma taille comme pour me soutenir, ouvrit le battant.

Une fois entrée, je me dégageai de son étreinte pour me diriger vers l'escalier.

Il parla enfin au moment où je posais le pied sur la première marche, stoppant net ma progression.

— À un moment ou à un autre, il faudra bien qu'on parle, Jade.

— Il n'y a pas grand-chose à dire.

— Je suis d'un avis totalement opposé. Et essayer d'ignorer la situation ne fera pas disparaître le bébé d'un coup de baguette magique.

Durant un court instant, je songeai « si seulement ».

— De toute façon, ça ne te regarde pas. Et grande nouvelle pour toi au fait : tu as gagné. Je pars.

Jetant un œil par-dessus mon épaule, je vis un éclair de colère traverser ses iris.

— Tu te fous de moi, là, j'espère ?

— Écoute, je suis fatiguée, j'ai mal à l'épaule. Si tu veux réellement qu'on en parle, très bien. Mais ça ne peut pas attendre un peu, s'il te plaît ?

Se passant nerveusement une main dans les cheveux, je le vis prendre une grande inspiration, puis il céda. Il acquiesça simplement de la tête, mais cela me suffit amplement.

Soulagée, je repris mon ascension quand sa voix m'arrêta à nouveau.

— Je te laisse dix minutes pour préparer un sac. Si tu as besoin d'aide, appelle-moi.

Je lui fis à nouveau face, les yeux ronds de surprise.

— Pourquoi je me préparerais un sac ?

— Tu vas venir quelque temps à mon appartement.

— En quel honneur ?

— En dehors du fait que tu as un bras immobilisé et que tu ne peux pas rester seule ? me demanda-t-il avec humeur. (Prenant une profonde inspiration pour se calmer, il reprit :) Écoute, ce qui s'est déroulé aujourd'hui était peut-être un simple accident, mais je n'oublie pas dans quelles circonstances tu as perdu ton père.

À la mention de mon père, je me sentis pâlir. Les jambes incertaines, je m'assis lourdement sur les marches de l'escalier. Je n'avais pas un seul instant songé au parallèle qu'il pouvait y avoir entre la mort de mon père et l'accident dont je venais d'être victime.

S'il y avait bel et bien un lien, je devais absolument prévenir ma belle-mère pour lui dire de se tenir sur ses gardes.

La panique m'envahit, je n'arrivais plus à aligner deux pensées consécutives. J'avais presque réussi à occulter les circonstances de la mort de mon père, je commençais à peine à reprendre une vie normale, et je me retrouvais à nouveau plongée dans tout cela.

Je ne vis même pas Nicolas arriver. Je n'eus conscience de sa présence à mes côtés que lorsqu'il posa sa main sur ma joue et me força à croiser son regard. Il était accroupi face à moi, quelques marches plus bas, de façon à avoir son visage à peu près au niveau du mien.

— Je suis désolé. Je ne voulais pas te faire de peine. Je pensais avant tout à ta sécurité. On parlera du bébé quand tu seras reposée, mais dans l'immédiat, je souhaiterais t'emmener là où personne ne pourra venir te faire de mal.

— Pourquoi tu ne resterais pas ici ? Avec moi ? lui demandai-je en chuchotant presque.

— Ici, nous sommes seuls. Chez moi, il y a une équipe de sécurité qui pourra m'aider à veiller sur toi.

— Je...

Je ne savais plus quoi dire, j'étais totalement dépassée. Finalement, vaincue, je baissai la tête, la reposant contre son épaule.

— Va préparer un sac, s'il te plaît. Tu es épuisée, et plus vite tu seras en sécurité, plus vite je me sentirai rassuré.

Cette fois, lui obéissant sans dire un mot de plus, je me relevai et allai dans ma chambre préparer un sac.

Il me fallut un quart d'heure pour prendre ce qui m'était nécessaire, Nicolas sur mes talons, se chargeant de ce que je ne pouvais faire d'une seule main, comme fermer ma trousse de toilette ou ma valise par exemple.

Il entreprit également de fermer tous les volets de la maison, couper l'eau. Pour l'électricité, il la laissa en fonctionnement, arguant que quelqu'un viendrait d'abord vider le réfrigérateur avant qu'on puisse éteindre le compteur. Je n'avais que faire de ces détails, mais lui semblait avoir besoin de contrôler la situation, alors je le laissai faire.

De retour à la voiture, je m'assis à nouveau sur le siège

passager. Il s'installa au volant, démarra le moteur et enclencha la marche arrière pour sortir de l'allée.

Avec l'autoradio éteint, l'habitacle était totalement silencieux. Je n'avais aucune idée d'où nous allions, je partais avec Nicolas en plaçant toute ma confiance en lui. J'espérais juste ne pas avoir à le regretter plus tard.

14

J'avais toujours imaginé que Nicolas habitait dans un appartement parisien qui ressemblerait à celui d'Aiden et Chloé. Je fus donc surprise de découvrir qu'il résidait en réalité dans une grande maison de plain-pied dans les Yvelines. En entrant, un long couloir menait droit à la salle à manger. J'y avais à peine mis un pied que je vis la cuisine sur ma gauche et le salon me faire face. Au fond, une porte. Celle-ci ouvrait sur un couloir desservant quatre portes. À droite les toilettes, en face la salle de bains, et deux portes sur la gauche. L'une donnait sur un petit bureau, la seconde sur une chambre à coucher assez spacieuse, sans être démesurée.

Je ne l'aurais jamais cru vivre dans une telle simplicité, dans des espaces si « modestes ».

Je fus tirée de ma rêverie par le propriétaire des lieux.

— Je te laisse la chambre, je prendrai le canapé cette nuit. Va te reposer. Aiden et Chloé passeront dîner avec nous ce soir, je viendrai te réveiller un peu avant leur arrivée.

— Tu n'es pas obligé, tu sais.

Devant son regard empli d'incompréhension, je complétai :

— Pour cette nuit. On peut dormir ensemble. Ce n'est pas comme si cela ne nous était jamais arrivé.

J'étais persuadée d'avoir les joues écarlates. Et l'absence de réaction de Nicolas n'était pas pour me mettre à l'aise.

Finalement, il s'approcha de moi, me posa un baiser sur le front, et répondit enfin :

— On verra plus tard. Pour l'instant, tu es épuisée. À tout à l'heure.

Il quitta la chambre, me laissant seule.

Malgré la douleur persistante de mon épaule, je m'endormis quasi instantanément lorsque je posai ma tête sur l'oreiller.

Je m'étais attendue à avoir le sommeil peuplé de cauchemars, revivre encore et encore l'instant où j'avais réalisé que la voiture fonçait droit sur moi ou à avoir le sommeil perturbé par la douleur de mon épaule. Pourtant, lorsque j'ouvris les yeux, ce fut pour me rendre compte que j'avais dormi d'un sommeil de plomb, sans être hantée par les derniers événements. Le soleil était déjà couché, des bruits de voix et de vaisselle me parvenaient à travers la porte close de la chambre. Mon cerveau était un peu dans le brouillard et il m'était difficile d'émerger tellement je me sentais bien sur les draps portant l'odeur de Nicolas, une couverture posée sur moi.

Je restai un long moment seule dans le quasi-silence de la pièce, appréciant l'arrivée de la nuit qui assombrissait mon environnement, la solitude de l'instant. Ici, je me sentais... bien. J'avais vraiment le sentiment d'être en sécurité, et du fond de ce lit, j'arrivais presque à croire que Nicolas ressentait quelque chose pour moi.

Je m'avouais enfin que malgré nos fréquentes brouilles, je tenais à lui. Cela allait même au-delà. Le nez enfoui dans son oreiller, j'osais admettre qu'il était fort probable que je ressente un peu d'amour pour lui.

Basculant sur le dos, mes yeux se fixant au plafond, je glissai ma main mobile sur mon ventre, là où dans le plus grand secret grandissait depuis plusieurs semaines un bébé. Mon bébé. Mieux, notre bébé. L'enfant de Nicolas et moi. Après plusieurs heures de sommeil, ce n'était plus seulement la fatigue qui s'était échappée, c'était également l'angoisse de cette vie à venir. Je me sentais plus sereine, plus apte à gérer les événements futurs. Je me sentais prête à affronter le père de cet enfant afin de le défendre bec et ongles si les projets de Nicolas allaient à l'encontre du bien-être de ce petit bébé.

Il me faudrait certainement mettre quelque temps mes études de côté, mais j'avais assez d'argent pour continuer à être étudiante tout en payant une nourrice pour garder ce petit bout.

Ce chemin qui me semblait semé d'embûches quelques heures plus tôt paraissait désormais fleurir comme une prairie à l'arrivée du printemps.

Les seules ombres persistantes étaient les circonstances étranges de mon accident, et la discussion que nous allions devoir avoir avec Nicolas. Mais je me sentais désormais capable de les affronter…

Me redressant, je finis par quitter le cocon de la chambre à coucher pour rejoindre les autres.

Après un détour par la salle de bains pour tenter de me redonner figure humaine, je les rejoignis dans la pièce principale.

Chloé était blottie dans le canapé, un verre de soda à la main, tandis qu'Aiden était accoudé au bar et Nicolas affairé dans la cuisine.

Malgré notre cohabitation de plusieurs mois, je devais admettre que c'était bien la première fois que je le voyais affairé dans une cuisine.

Chloé fut la première à prendre conscience de ma présence, et à mon regard surpris fixé sur son frère, elle comprit immédiatement ce qui pouvait me passer par la tête.

— Ne t'inquiète pas, il s'est fait livrer. Du coup, il a juste à réchauffer le repas. En espérant que ce soit dans ses capacités.

— Moque-toi, répliqua l'intéressé, je ne suis peut-être pas très doué en cuisine, mais j'ai d'autres compétences.

— Des compétences dont je me garderai bien de connaître l'existence… Merci bien…

Le sous-entendu était clair et je ne pus m'empêcher de pouffer.

— Rigole, rigole... me dit-il en agitant vers moi la cuillère en bois qu'il tenait à la main. Mais tu détiens au creux de ton ventre la preuve que de ce côté je suis plutôt doué…

Ce trait d'humour vis-à-vis de l'existence de cette grossesse me détendit encore plus que je ne l'étais jusqu'à présent. S'il était capable d'humour, alors il n'y avait pas trop à craindre pour la discussion que nous aurions plus tard.

Les yeux pétillants d'amusement, je lui lançai :

— Ça prouve surtout que côté contraception tu es aussi doué qu'en cuisine… C'est-à-dire, pas très bon…

— Là, elle t'a mouché, mon vieux, intervint Aiden. (Puis, ce dernier se tourna vers moi.) Tu as réussi à te reposer ?

— Oui, mais du coup, je ne suis pas certaine de réussir à dormir tout à l'heure.

— Il est tôt encore, ne t'inquiète pas. Et puis, demain, vous n'avez pas cours, alors tu pourras toujours te reposer, me répondit Nicolas. Sur ce, le dîner est prêt. À table tout le monde.

C'était la première fois depuis notre rencontre que je passais une véritable soirée avec Nicolas sans qu'à un seul moment l'un de nous ne jette des insultes au visage de l'autre. C'était… agréable. J'avais presque l'impression d'avoir atterri dans un monde parallèle tellement la situation actuelle semblait à l'opposé de ce qu'elle avait jusque-là été entre nous.

Par compassion pour mon handicap temporaire, Nicolas avait choisi de la nourriture chinoise. Il n'y avait donc pas besoin de couteau, je pouvais ainsi manger seule, comme une grande.

La soirée s'étira jusque tard, mais Aiden et Chloé finirent par partir, le signal du départ ayant été les bâillements à répétition de Chloé qui avait pourtant tenté au maximum de cacher sa fatigue à son mari.

Après avoir refermé la porte derrière eux, Nicolas se tourna vers moi.

— Vu l'heure, je te propose qu'on aille se coucher.

— Très bien. Tu dors avec moi ?

— C'est toi qui décides. Le canapé est convertible, donc si tu préfères être seule, je peux m'installer dans le salon.

— Je préférerais que tu restes avec moi. S'il te plaît, ajoutai-je.

Sans un mot de plus, il me dirigea vers la chambre. J'étais un peu gênée. Je ne connaissais absolument pas cette facette de l'homme qui allait partager son lit avec moi. Elle me plaisait bien, mais elle m'intimidait également.

Comme s'il avait perçu mon malaise, il s'approcha de moi. Après avoir déposé un énième baiser sur mon front, il se colla à moi, nos corps se touchant quasiment des pieds à la tête et me souffla :

— On va juste dormir. Détends-toi.

Et c'est ce que je fis. Son calme m'apaisa.

Après qu'il m'eut aidée à me changer pour la nuit, je m'installai dans le lit. Il me rejoignit rapidement et éteignit la lumière.

J'avais été persuadée de ne pas réussir à m'endormir après ma sieste tardive. Pourtant, à peine Nicolas s'était-il collé contre mon dos que je me laissais cueillir par Morphée.

15

Le lendemain matin, je fus réveillée par ma toute première nausée matinale. Un comble. Enceinte de 11 semaines, je n'avais pas eu une seule nausée pour me mettre la puce à l'oreille sur l'existence du bébé. Et maintenant que j'étais au courant, les symptômes typiques faisaient leur apparition.

Me redressant brutalement, je quittai précipitamment la chambre à coucher. Me trompant de porte, je finis dans la salle de bain alors que j'aurais souhaité être dans les toilettes. Incapable de me retenir plus longtemps, je vidai mon estomac dans le lavabo.

Une fois les spasmes terminés, je me redressai. En croisant mon image dans le miroir, je crus que j'allais me sentir mal à nouveau. J'avais une tête horrible. J'entendis brusquement Nicolas m'appeler. Sans réfléchir à mes gestes, je me retournai pour fermer la porte de la salle de bains. Pile au moment où la poignée s'abaissait.

De soulagement, je m'affaissai contre le mur. Je ne voulais pas l'affronter tout de suite, je ne me sentais pas encore très bien. La nausée revenait, j'avais mal à l'épaule, mal à la tête.

Bref, ma journée commençait mal et j'aurais préféré être seule en cet instant.

La poignée continuait de s'abaisser, Nicolas m'appelait et tapait désormais sur le battant de la porte. Il exigea en premier lieu que je lui ouvre, puis d'un ton résigné me demanda d'au moins lui dire si j'allais bien. Je ne lui répondais toujours pas, ce qui dut briser le peu de patience dont cet homme était capable. Il se mit à jurer, frapper plus fort contre la porte, menacer de rentrer par la force. Bref… Ce n'était pas dans cette salle de bains que j'aurais la paix.

Me redressant, j'allumai le robinet pour me passer un peu d'eau sur le visage, ce qui ne fut pas une mince affaire avec une seule main, et me brosser les dents. Je finissais tout juste quand la porte s'ouvrit. De surprise, je me retournai pour découvrir Nicolas debout au milieu du couloir, bras croisés sur le torse dans une attitude farouche et un homme accroupi qui rangeait des instruments dans une petite pochette.

Je dus rester une bonne minute sans bouger, mes yeux écarquillés, ma brosse à dents en main, et puis je finis par reprendre pied dans la réalité et parce que je n'étais pas d'humeur, je décidai de m'en prendre à Nicolas.

— Je n'avais pas conscience que venir vivre chez toi signifiait ne plus avoir droit à mon intimité.

— Je m'inquiétais, tu ne répondais pas.

— Et que voudrais-tu qu'il m'arrive, hein ? Je suis dans une salle de bain, bordel !

— Il y a dix minutes, je t'ai entendue vomir. Il n'est pas impensable d'avoir songé que tu avais pu perdre connaissance.

La discussion était à peine entamée que le ton commençait déjà à monter. Moi révoltée par son intrusion dans mon intimité, lui offusqué que j'ose m'énerver parce qu'il s'était inquiété pour moi.

— Oh, c'est bon, ce n'est pas la première fois de ma vie que je vomis, et ce ne sera certainement pas la dernière. Tu ne vas quand même pas faire rappliquer ton service de sécurité dès que mon estomac va se retourner, lui répliquai-je, faisant ainsi allusion à l'homme qui venait d'ouvrir la porte pour lui.

— Peut-être, mais c'est la première fois que tu es enceinte.

— Qu'est-ce que tu en sais ?

La question était cruelle. Évidemment que c'était ma première grossesse, et insinuer le contraire c'était le ramener à toutes les accusations dont il m'avait abreuvée par le passé, référence à une vie de soi-disant débauche, une vie où j'étais visiblement capable de coucher avec n'importe qui pour de l'argent. Ne lui laissant pas le temps de répondre, j'enchaînai aussitôt, prise dans ma lancée des accusations.

— Et puis d'abord, c'est ta faute tout ça… Si tu l'avais gardée dans ton pantalon, je ne serais pas en train de vomir à l'heure actuelle. Et puis, tu te rends compte des conséquences que cette grossesse va avoir sur ma vie ?

Plus je l'accusais, et plus la colère montait. Hormones ? Contrecoup des récents événements ? Cela n'avait pas d'importance, je devais évacuer, il me faisait face et puis … Et puis, s'il avait voulu un peu de gentillesse, il aurait dû me laisser le temps de reprendre figure humaine au lieu de me surprendre ainsi. Les verrous n'étaient pas faits pour être forcés.

En un instant, Nicolas s'approcha de moi, me saisit par mon bras valide et me fit sortir de la pièce. Tout aussi vite, je me retrouvai assise dans le canapé du salon avec un homme en pantalon de pyjama en train de faire les cent pas devant moi. Je l'avais déjà vu se passer les mains dans les cheveux quand il était énervé, excédé, dépassé, mais c'était la première fois que je le voyais avec les deux mains sur le cuir chevelu. Il regardait fixement le sol, comme s'il était en intense réflexion.

Alors que j'allais me relever pour aller m'enfermer dans la chambre, il me fit face, me clouant sur place d'un simple regard. Et enfin il se décida à parler.

— Cet enfant n'était pas prévu, c'est un fait. Oui, j'aurais dû prendre mes précautions à chaque fois. Mais n'oublie pas que pour concevoir un enfant, Jade, il faut être deux. Et tu étais présente, alors inutile de rejeter toute la faute sur moi. Je peux également comprendre que tu sois bouleversée. Ça fait beaucoup à encaisser en peu de temps, entre le décès de ton père, ton accident, et maintenant le bébé. Mais il est hors de question que je te serve de punching-ball. Encore une seule crise de nerfs de ce type et je te promets que je te colle dans une chambre d'hôtel avec des gardes du corps. Je ne sais pas ce que tu as prévu, mais en ce qui me concerne, je me sens prêt à accueillir ce bébé. Donc la balle est dans ton camp. Et puisque tu sembles tellement avoir besoin d'intimité, je te laisse l'appartement. Je serai au bureau pour la journée. Et ne m'attends pas pour le dîner.

Sur ces derniers mots, il quitta la pièce, toujours furieux contre moi.

De mon côté, je m'étais calmée. Les larmes me montaient même aux yeux à la pensée de la crise que j'avais osé lui faire. Je m'étais toujours targuée de ne pas être une petite fille de riche capricieuse, et ce matin j'en étais devenue une. Tout ça parce que j'avais été surprise dans un moment de faiblesse et que je ne l'avais pas supporté.

J'avais l'impression que ma vie foutait le camp dernièrement. Je n'avais plus aucune prise sur ce qu'il m'arrivait.

Lorsque Nicolas revint dans le salon habillé de son costume sur mesure, prêt à partir au bureau comme il me l'avait annoncé, j'étais toujours prostrée sur le canapé. Je n'eus pas le courage d'affronter son regard ou de lui adresser des excuses, et je le laissai partir sans qu'un seul mot ne fût prononcé.

Je me retrouvais seule, dans un appartement inconnu, et je l'avais bien cherché.

Dans des instants comme celui-ci, une fille a toujours besoin d'une amie à qui se confier. Mais la seule amie auprès de qui j'aurais pu m'épancher, c'était Chloé. Et il me semblait injuste de la placer ainsi entre son frère et moi, de l'obliger à écouter mes confidences en sachant qu'elle devrait tout garder ensuite pour elle, sans en souffler un seul mot à son frère, un homme dont elle était devenue proche avec les années.

Me relevant, je filai droit sur mon sac à main pour récupérer mon smartphone. Faisant défiler ma liste de contacts, je finis par sélectionner le numéro de ma belle-mère. Nous n'étions certes pas les meilleures amies du monde, mais elle était tout de même désormais la seule famille qu'il me restait.

Cette dernière répondit à peine la troisième sonnerie entamée :

— Jade ? Tout va bien ?

— Je ne sais pas, je…

— Tu as lu la lettre de ton père ? Je suis désolée ma chérie, je sais que ce sera dur pour toi de tout gérer alors que tu as tes études, mais je suis sûre que tu t'en sortiras.

Je n'avais absolument aucune idée de ce dont elle me parlait.

— Je… Non, je ne l'ai pas lue. Je ne sais même pas de quelle lettre tu parles, Adrienne.

— L'enveloppe que je t'ai donnée avant de partir, voyons. Enfin bon, n'en parlons pas, je préfère que tu en prennes connaissance par toi-même. Pourquoi m'appelais-tu alors ?

— Il y a eu un accident hier. À la sortie de l'école. En fait, on ne sait pas encore si c'était un accident ou non, donc je voulais te prévenir pour que tu te tiennes sur tes gardes.

— Mais tu vas bien ? Que s'est-il passé ?

— Une voiture a failli me percuter, mais il s'agissait probablement d'un simple accident. Je n'ai qu'une épaule luxée. Quoi qu'il en soit, vu les circonstances de… Euh… Nicolas a soumis l'hypothèse qu'il pouvait y avoir un rapport. Alors j'ai songé qu'il était préférable de te prévenir.

— Qui est Nicolas ?

— Tu l'as vu à l'enterrement. C'est le frère de mon amie Chloé. Je vis également avec lui depuis quelques mois.

— Jade !

Elle semblait choquée par ma dernière phrase. Il est vrai que lorsqu'elle était partie avec mon père pour une retraite confortable, Nicolas ne faisait pas encore partie du paysage, et là je lui annonçais que nous vivions ensemble. Même si ce n'était pas vraiment de mon fait initialement, cela pouvait passer pour une décision précipitée pour quelqu'un venant de l'extérieur.

— Ma chérie, tu n'as pas l'impression de sauter les étapes ? Que sais-tu réellement de cet homme ? Il pourrait très bien savoir qui était ton père en réalité depuis le début et chercher à se servir de toi. Et quel besoin de vivre ensemble aussi vite ?

— Ce n'est pas tout, Adrienne.

Comme elle restait silencieuse, je pris mon courage à deux mains et déclarai d'une traite :

— Je suis enceinte. De presque trois mois, trouvai-je utile d'ajouter.

— Oh, non ! J'avais dit à ton père que ce n'était pas une bonne idée de te laisser seule là-bas. Mais à quoi pensais-tu enfin ? Bon, ce n'est pas grave, je suis sûre qu'il y a encore le temps de remédier à la situation. Je vais immédiatement réserver une place sur le prochain vol et prendre rendez-vous pour toi dans une clinique. Oh, et je crois qu'il serait plus sage que tu n'en parles pas à ce Nicolas...

— Adrienne, stop... Nicolas est au courant. C'est un homme bien, tu sais. Et il ne se sert pas de moi, il n'en a pas besoin, il a assez d'argent pour lui. Et le bébé, j'ai envie de le garder.

— Et tes études, tu y as pensé ?

— Je trouverai une solution.

Après un court silence, elle finit par abdiquer.

— Bon, très bien. Fais ce que tu juges le mieux pour toi. Mais je remonte malgré tout sur Paris, tu pourrais avoir besoin de moi. Bon, je dois te laisser. Pense à lire la lettre, surtout. C'est important. Bonne journée, Jade.

Et sans un mot de plus, elle raccrocha.

16

Après ma discussion avec ma belle-mère, je me sentis épuisée. Me relevant, je filai dans la chambre récupérer des vêtements propres — Nicolas avait vidé ma valise la veille, mes vêtements avaient ainsi trouvé leur place sur une étagère de son armoire –, puis allai dans la salle de bain pour prendre une douche. Cet intermède me permit de décider de la suite à donner. En premier lieu, il me faudrait présenter mes excuses à Nicolas. Ensuite, l'informer de ma décision de garder ce bébé. Je devais également prendre un rendez-vous rapidement pour la consultation obligatoire du 1er trimestre de grossesse. Il me faudrait informer également l'école, voir avec eux s'il m'était possible de continuer d'aller en cours jusqu'au moment du congé maternité et de mettre ensuite mes études sur « pause » le temps de ce congé. J'avais donc un début de plan pour reprendre ma vie en main quand je sortis de la salle de bains. Après quoi, je me préparai un encas dans la cuisine avec ce que je trouvai dans le frigo. Enfin, après avoir retrouvé l'enveloppe jetée au fond de mon sac au lendemain de l'incinération de mon père, je repris place sur le canapé du salon. Son contenu était assez maigre : deux feuilles manuscrites. Revoir l'écriture de mon père me mit un coup au cœur. Il me fallut du temps pour arriver au bout de ma lecture, mais outre l'émotion de lire la dernière lettre que mon père m'ait adressée, il fallait avouer que son écriture était horrible.

Ma Chère Ja•e,

Si tu lis ces lignes, cela signifie malheureusement que je suis •écé•é.

Sache, ma chérie, que tu as été ma plus belle réussite •ans la vie. Je n'ai pas vécu avec toi tes premiers instants et je le regretterai éternellement. De même que je regretterai toujours •'avoir laissé ta mère me convaincre •e te laisser porter son nom •e famille à la place •u mien lorsque j'ai enfin assumé ma paternité. À l'époque, nous avons pris cette •écision pour te protéger, mais était-ce vraiment la meilleure solution ? Je n'en suis plus tout à fait certain.

J'espère ne pas t'avoir blessée en partant vivre loin •e toi avec A•rienne. Nous avons prétexté une volonté •'A•rienne •e partir vivre au soleil, mais ce n'était malheureusement pas la vérité. Je ne voulais tout simplement pas que ma fille me voie faible, au seuil •e la mort.

Mon cancer est revenu et cette fois il est beaucoup plus agressif. Le combat était per•u •'avance. Je suis •ésolé •e t'aban•onner ainsi, ma puce. J'avais promis à ta mère •e toujours être là pour toi, •e te con•uire à l'autel le jour •e ton mariage, •e voir gran•ir tes enfants, •e tout faire pour te ren•re heureuse. Je ne pourrai pas tenir cette promesse, et je le regrette. J'ai vaincu une fois cette mala•ie, j'ai eu la joie •e te voir gran•ir, •e voir quelle magnifique jeune femme tu es •evenue. J'aurais été le plus heureux •es pères •e pouvoir continuer à te voir évoluer, j'aurais souhaité te voir le jour •e l'obtention •e ton •iplôme, mais la vie en a •éci•é autrement.

L'argent que je t'ai •onné lors •e mon •épart était en

réalité l'argent de l'assurance vie que ta mère avait contracté lorsqu'elle a appris qu'elle était enceinte. Elle n'avait pas prévu de mourir aussi vite, mais elle voulait que tu sois protégée. J'ai gardé cet argent sur un compte durant tout ce temps, mais le moment était venu de te le donner. D'ici peu de temps, tu devrais également recevoir une convocation du notaire. J'avais effectué un testament.

Lors de mon mariage avec Adrienne, je lui ai fait signer un contrat de mariage, et j'ai récemment rédigé un nouveau testament pour m'assurer que tout te revienne. Elle garde l'appartement de Paris, ainsi que celui d'Antibes. Elle recevra également une pension tous les mois. Mais le reste t'appartient. Ma fortune, mes actions, mais également les parts de ma société. Si j'ai nommé un PDG pour ma succession et pris ma retraite, j'ai gardé la majorité des voix au conseil d'administration. Elles te reviennent. À toi de décider quoi en faire. Je te fais confiance pour faire les bons choix pour toi.

Ne m'en veux pas de ne pas avoir souhaité t'avoir à mes côtés pour la fin. Je souhaitais avant tout te protéger, et tu n'avais pas besoin de voir ton vieux père décliner. Tu avais déjà assisté à la mort lente de ta maman, je ne pouvais pas t'imposer cela une seconde fois.

Je t'aimerai éternellement,

Ton Papa.

À la fin de ma lecture, j'étais totalement bouleversée. Les larmes coulant sur mes joues étaient intarissables. Mon père était parti en sachant qu'il ne me reverrait jamais. Il m'avait abandonnée.

Durant un court instant, je fus prise d'un sentiment de claustrophobie. Je ressentis le besoin de sortir et de me mettre à courir le plus loin possible pour échapper à mon quotidien. Mais cela m'était impossible. On ne me laisserait probablement même pas quitter la propriété.

Avisant la chaîne Hi-fi, je pris le premier CD venu, le glissai à l'intérieur et mis la musique à fond. J'eus un bref sursaut quand du rock se mit à sortir des enceintes, mais après tout, pourquoi pas. Augmentant le volume presque au maximum, je me retranchai ensuite dans la chambre à coucher. Me réfugiant sous les couvertures, la tête enfouie dans l'oreiller de Nicolas, je laissai échapper de lourds sanglots.

J'avais déjà pleuré depuis la mort de mon père, mais cette fois, je libérai tous les sanglots de détresse que j'avais jusqu'à présent réussi à retenir. La musique trop forte m'empêchait de penser, mais je ne pus me retenir de pleurer jusqu'à l'épuisement.

Si l'on me posait la question, je serais incapable de dire si la musique fut la première à s'arrêter, ou si mon corps sombra dans le sommeil pour échapper à la réalité bien avant. Mais dans le fond, c'était un détail sans importance.

17

À mon réveil, j'avais tenu mes résolutions pré-crise de larmes. J'avais téléphoné à l'école pour prendre un rendez-vous avec la directrice. J'avais ensuite trouvé un gynécologue obstétricien qui avait accepté de me prendre en charge rapidement. Un rendez-vous était fixé pour la semaine suivante. Et enfin, j'avais attendu Nicolas jusque tard dans la soirée. Je lui avais présenté mes excuses et nous avions enfin pu parler du bébé sans nous énerver. Je lui avais annoncé mon souhait de le garder tout en continuant d'aller à l'école de sage-femme jusqu'au congé maternité.

Le lendemain, j'avais reçu un appel de ma belle-mère m'annonçant qu'elle serait sur Paris dans la soirée, et qu'elle m'invitait à déjeuner chez elle dès le lendemain.

Mon rendez-vous avec la directrice de l'école se passa plutôt bien. Elle m'informa que je serais probablement obligée de redoubler mon année. Mais mon congé devant tomber approximativement sur le mois de mars, je pourrais reprendre les cours à la rentrée de septembre.

J'avais informé Nicolas de mon rendez-vous chez le

gynécologue et il m'avait accompagnée. Nous avions pu faire la connaissance de notre enfant. C'était incroyable de voir ce petit être. Pour lui, ou elle, tout allait bien. Les mensurations étaient parfaites, le cœur battait parfaitement. En mai de l'année suivante, nous serions parents.

Je ressortis du cabinet avec une ordonnance pour effectuer une prise de sang afin d'effectuer un bilan complet, les clichés de l'échographie, et un sourire aux lèvres.

Ma vie reprenait enfin un cours normal et c'était pour moi une vraie bouffée d'oxygène.

La journée, j'allais en cours, le midi, je mangeais désormais quasiment tous les jours avec ma belle-mère et le soir, je rejoignais Nicolas à son domicile.

Les seules ombres au tableau étaient les nausées qui désormais ne me quittaient plus, mon bras immobilisé qui me compliquait la vie, le garde du corps qui me suivait à la trace et la distance que Nicolas avait mise entre nous depuis notre dispute. Il était affectueux et attentionné envers moi, mais ce n'était plus comme avant. Quand nous nous retrouvions au lit le soir, c'était pour dormir, et rien d'autre. C'est tout juste si j'avais droit à un baiser le matin et le soir. Le week-end, il sortait toujours, arguant ainsi qu'il me laissait le champ libre pour que je puisse travailler mes cours. Je ne savais pas comment débloquer la situation et j'avais peur qu'il ne reste désormais avec moi que pour l'enfant à naître.

Après deux semaines de ce train-train, j'entraînai Chloé dans une séance shopping un samedi après-midi. Il était temps pour moi de renouveler ma garde-robe, j'avais en effet eu la surprise la veille de ne plus pouvoir fermer mes pantalons. Un petit être avait officiellement pris ses aises en moi.

Après deux heures à passer de magasin en magasin, après avoir acheté trois robes-pulls, un manteau, quelques collants maternité, des jeans, pulls, tee-shirts (…) nous pouvions enfin nous poser dans un café pour un chocolat chaud bien mérité. J'aurais préféré prendre un café, mais depuis que j'avais appris ma grossesse, je tentais au maximum de limiter ce breuvage.

— Je te remercie de m'avoir accompagnée. Je n'aurais jamais réussi à faire ça seule, je déteste les magasins.

— On est deux alors. Et encore, je trouve que ça a été plutôt agréable aujourd'hui malgré le fait qu'on soit samedi.

— J'aurais tendance à croire que les deux « Men in Black » qui nous suivent comme notre ombre y sont pour quelque chose.

À la mention des deux hommes qui nous avaient escortées tout au long de notre virée, Chloé esquissa un petit sourire. Elle n'était désormais plus la seule à devoir se déplacer en quasi permanence avec un garde du corps. Ainsi, Mickael était présent ce jour-là, accompagné de ma « nouvelle ombre », aussi appelée Jorgi. Un grand Russe, si j'en croyais le prénom et l'accent, auprès de qui il ne fallait visiblement pas se frotter. Moi-même, depuis qu'il me surveillait, je n'avais pas eu droit à un seul sourire, ni même un bonjour.

— Comment les choses se passent avec mon frère ?

— Je ne sais pas trop. C'est… cordial.

— Cordial ? Voilà qui n'est pas très romantique.

— J'aurais tendance à penser qu'il me supporte à cause des circonstances, mais que s'il avait le choix, je ne serais pas du tout où je suis aujourd'hui.

— Mon frère est un homme très renfermé. Je ne l'ai jamais vu sourire autant, ni sortir de ses gonds. Tu lui fais du bien, Jade. Et je suis certaine qu'il ressent quelque chose pour toi. Il a un passé compliqué, et ça joue très certainement sur la situation actuelle.

— Peut-être. Mais je rêve d'une soirée où il serait question d'autre chose que des banalités que peuvent se dire deux étrangers qui sont obligés de cohabiter. On dort ensemble, et pourtant le geste le plus intime auquel j'ai eu droit récemment c'est de simples baisers sur le front quand il croit que je dors.

— Je pense que tu as besoin de changer d'air.

— Sûrement, mais pour aller où ? Je ne peux rien faire sans

qu'il soit au courant.

Se penchant vers moi d'un air conspirateur, elle me dit à voix basse :

— Préviens mon frère que tu passes la nuit à la maison. Comme ça, ton chien de garde pourra rentrer au bercail. Aiden est absent ce soir et je sais que Mickael doit l'accompagner. Donc on pourra se glisser dehors en douce. J'vais envoyer un message aux filles. Programme pour ce soir : sortie en boîte. Danser et t'amuser va te faire un bien fou.

— Je n'ai rien acheté qui puisse convenir à une sortie en boîte.

— Alors il est temps de reprendre notre shopping.

18

Sortir de chez Aiden fut un jeu d'enfant. Comme annoncé par Chloé, il était parti en fin d'après-midi pour un rendez-vous d'affaires. Nicolas le rejoignait au restaurant et avait accueilli avec un certain soulagement mon souhait de passer la soirée avec sa sœur. Jorgi était retourné dans les Yvelines, et Mickael avait suivi Aiden, lui servant de chauffeur pour la soirée.

Noémie était passée nous prendre et nous étions maintenant dans une boîte de nuit du Val de Marne, le Métropolis. J'en avais déjà entendu parler, mais n'y avais encore jamais mis les pieds.

Mot d'ordre pour la soirée : nous amuser. Bon, moi je devrais me contenter de les regarder s'alcooliser, mais c'était un maigre sacrifice. J'étais déjà heureuse d'avoir pu entrer malgré le léger renflement de mon ventre qui était désormais visible.

La boîte était divisée en plusieurs « univers » et d'un commun accord, nous nous dirigeâmes directement vers la salle des années 80. Ce n'était pas vraiment notre génération, mais là-bas ce serait plus calme et les risques d'être bousculées, moindres.

Nous passâmes plus de deux heures à danser, les filles enchaînant les cocktails au bar tandis que je me contentai de bouteilles d'eau ou de soda entre deux danses.

Noémie et Chloé étaient particulièrement vigilantes au niveau des boissons, aucun verre n'était quitté une seconde du regard, et si c'était le cas, un nouveau verre était commandé. Une telle parano me paraissait exagérée, mais si ça leur faisait plaisir, autant les laisser faire.

Ici, je ne pensais plus à ce qui m'attendait à l'extérieur. La musique était trop forte pour nous permettre de cogiter. Mon esprit pouvait enfin s'évader.

Lors d'une énième pause au bar pour les filles, je décidai de rester seule au milieu de la piste de danse. Fermant les yeux, je me déhanchai sur le rythme d'une musique que je ne connaissais absolument pas. Le morceau touchait à sa fin quand je sentis quelqu'un se coller contre moi. D'instinct, je tentai de me décaler pour mettre de la distance. J'ouvris brusquement les yeux quand un bras se glissa autour de ma taille pour me ramener contre un torse. Saisissant l'avant-bras qui me retenait prisonnière, j'essayais de me dégager quand l'importun colla sa bouche à mon oreille pour me murmurer :

— J'espère que tu as une très bonne explication quant à ta présence ici sans aucun garde du corps, Jade.

Nicolas.

— Putain, mais t'es vraiment un abruti. Tu viens de me flanquer la trouille de ma vie.

— Et ce n'est rien comparé à la scène à laquelle tu vas avoir droit dès qu'on sera rentrés.

— On ne faisait que s'amuser, détends-toi un peu.

— Que je me détende ? (Il ferma un instant les yeux, prit une profonde inspiration. Il me faisait l'effet de quelqu'un qui se contenait du mieux qu'il pouvait pour ne pas exploser dans la minute.) Avec Chloé, vous avez eu l'inconscience de venir ici sans personne pour vous protéger. La dernière fois que Chloé a mis les pieds en boîte de nuit seule, ça s'est terminé à l'hôpital et tu voudrais que je me calme !

Sous le choc, je jetai un regard en direction de mon amie. Elle était aux prises de son cher et tendre qui, tout comme Nicolas avec moi, semblait lui taper une véritable crise. Elle avait les épaules affaissées, le regard fixé sur ses chaussures. À leurs côtés, Noémie donnait l'impression de vouloir se faire la plus petite possible pour tenter de s'esquiver, mais Jorgi ne la quittait pas du regard tandis que Mickael, lui, surveillait que personne ne s'approche de trop près du couple.

Tout à mon étude de la situation, je ne réagis pas quand Nicolas m'entraîna vers le groupe. Dès que je fus près de Chloé, je la pris dans mes bras, fusillant son mari au passage du regard. Elle tremblait, et des larmes vinrent rapidement s'écraser sur mon épaule.

— Je suis désolée, Jade. Tout est de ma faute, je n'aurais pas dû t'entraîner ici.

L'obligeant à se redresser, je la stoppai tout de suite dans ses excuses qui pour moi n'avaient pas lieu d'être :

— Hey, tu n'es pas responsable de l'instinct surprotecteur des frères Delacroix. Ça aurait pu être une soirée géniale, s'ils n'y avaient pas mis leur grain de sel. Et puis, il est tard de toute façon, nous n'allions pas tarder à rentrer. On s'est bien amusées jusqu'à ce qu'ils viennent casser l'ambiance, non ?

— Ouais, c'était sympa, me répondit-elle avec un léger sourire.

— Alors tu sèches tes larmes et si Aiden t'engueule encore, tu m'appelles et je viendrai personnellement lui mettre mon pied au cul pour lui apprendre à mieux te parler, OK ?

Sur cette tirade, elle ne put s'empêcher de pouffer.

— J'aurais presque envie qu'il m'engueule, uniquement pour te voir à l'œuvre.

— Allez, partons. J'ai encore une scène de ménage qui m'attend en rentrant, et je commence à avoir mal à la tête.

Chloé fronça immédiatement les sourcils. Je pensais qu'elle relèverait la scène de ménage, mais non.

— Tu as encore mal à la tête ? Jade, tu as eu mal quasiment chaque jour cette semaine. Tu devrais peut-être aller voir ton médecin. Dans ton état...

— Stop, s'il te plaît. Je suis venue ici pour oublier mon quotidien. Et tu n'es pas là en tant que future sage-femme inquiète pour la future maman que je suis, mais en tant qu'amie.

— L'amie que je suis s'inquiète malgré tout pour toi. Tu en as parlé à Nicolas ?

— Bien sûr que non. Je serais collée au fond d'un lit à l'heure qu'il est si je lui en avais parlé.

Nous dirigeâmes en même temps nos regards sur les deux frères qui étaient à présent accoudés au bar. Pour des personnes qui ne les connaissaient pas, ils auraient paru tout simplement plongés dans une discussion, mais je commençais à cerner au moins l'homme dont je partageais le quotidien, et la raideur de sa posture m'indiquait qu'il était aux aguets, son regard n'était jamais fixe. Il était réellement temps de rentrer. Plus nous resterions, et plus il serait à cran.

Une fois à l'extérieur, Nicolas ordonna à Jorgi de prendre la voiture de Noémie et de la ramener chez elle. Aiden et Chloé partirent avec Mickael, et Nicolas m'entraîna vers la berline noire utilisée habituellement par son équipe de sécurité.

Durant tout le trajet, aucun mot ne fut prononcé. Nicolas était muré dans sa colère, ses mains serrant convulsivement le volant. Je savais qu'il était furieux, mais je m'étais attendue à ce qu'il explose une fois que nous aurions été seuls. Ce silence ne faisait qu'augmenter la tension en moi, et accentuer mon mal de tête. À plusieurs reprises j'ouvris la bouche pour dire quelque chose, mais pour dire quoi ? De plus, à chaque fois, il me jetait un regard foudroyant pile à cet instant, me stoppant net dans mon élan. Son humeur se ressentait sur sa conduite qui était très nerveuse, au point de me faire craindre un accident et me convaincre de me taire une bonne fois pour toutes.

Lorsque la voiture se gara, j'hésitai à en sortir. Nicolas prit la décision pour moi en faisant le tour du véhicule. Il ouvrit ma portière, se pencha pour détacher ma ceinture avant de me saisir par le bras pour me faire sortir. Lorsque nous passâmes le seuil de sa maison, je repris mes esprits et lui retirai mon bras, tentant une fuite vers la chambre.

Il fut plus rapide que moi, me saisit le poignet et me ramena brutalement contre la porte d'entrée. Son geste, dénué de toute douceur, et dicté uniquement par la rage que je voyais au fond de ses iris me mit hors de moi.

— Putain, tu ne peux pas faire un peu plus doucement. Dois-je te rappeler que je suis enceinte ?

— Dois-je te le rappeler également ? Putain, Jade, qu'est-ce que tu foutais dans cette boîte de nuit ? As-tu une idée de ce que l'on a ressenti avec Aiden quand on a trouvé son appartement vide ? Et où est passée ta contention ? Le médecin t'avait pourtant interdit de la retirer dans l'immédiat pour minimiser au maximum les séquelles de ta luxation.

— On voulait juste s'amuser un peu. Que voulais-tu qu'il nous arrive ? Il y avait du monde partout, nous étions en sécurité. Et mon bras se porte à merveille, je n'ai quasiment plus mal, je pouvais largement me passer de la contention.

— Tu n'as vraiment aucune idée de ce qui aurait pu vous arriver. Chloé a déjà été droguée et a échappé à une tentative d'enlèvement dans une boîte de nuit au début de sa relation avec Aiden. Il faut qu'il t'arrive la même chose pour que tu comprennes enfin les dangers que tu cours ?

Sa voix se faisait condescendante au fur et à mesure qu'il parlait. Il me faisait l'effet de gronder une adolescente désobéissante ayant fait le mur. Si j'avais bel et bien agi comme tel, je n'étais plus une adolescente, mais une adulte. Une adulte libre de faire ses propres choix, ses propres erreurs aussi. Chloé ne m'avait jamais dit qu'elle avait été victime d'une tentative d'enlèvement, mais je m'expliquais mieux à présent le comportement un peu parano des filles vis-à-vis de nos boissons durant la soirée. Toutes ces émotions finirent par me faire venir les larmes aux yeux. Fichues hormones…

— Qu'est-ce que tu veux de moi à la fin ? Quand nous étions dans la maison de Chloé, tu voulais absolument que je disparaisse du paysage. Ensuite mon père est mort et tu t'es montré tendre, attentionné, j'avais l'impression de compter pour toi. Mais depuis que je suis enceinte, tu as de nouveau mis de la distance entre nous. Tu ne me touches que pour me serrer dans tes bras quand on dort, et encore, généralement c'est dans ton sommeil que tu agis ainsi, et je n'ai plus droit à une seule marque d'affection. Tu crois que je n'ai pas conscience que si je suis ici, chez toi, c'est uniquement parce que je porte ton bébé ? Un bébé que tu regrettes probablement chaque jour d'avoir conçu…

Il me fit taire d'un baiser. Un baiser profond, empli de passion. Au moment où je fermais les yeux pour profiter au maximum de l'instant, il se détacha de mes lèvres et vint appuyer son front contre le mien.

— Tu ne comprends vraiment rien, hein ? Tu n'as toujours pas saisi le pouvoir que tu as sur moi. Je t'aime, Jade. C'est aussi simple que ça. Je t'aime, et tu me fais peur… Je ne veux pas que tu aies la moindre emprise sur moi, et pourtant tu es là, tu t'es installée dans mon cœur, et je n'arrive pas à t'en faire partir.

J'ouvris la bouche pour lui répondre, quand soudain, tous mes muscles se crispèrent, et ce fut le trou noir.

19

Lorsque je repris connaissance, j'étais allongée au sol sur le côté, Nicolas était au téléphone. J'esquissais un geste pour me relever quand il revint vers moi. Toujours le téléphone collé contre l'oreille, il me força à reprendre position sur le côté. J'étais dans un état cotonneux, consciente, mais pas encore assez lucide pour saisir qui était son interlocuteur et ce qu'il lui disait. Je ne comprenais pas ce qui se déroulait, mais j'avais entraperçu la panique se refléter dans ses pupilles.

Au bout d'un temps que je fus incapable d'apprécier dans sa durée, des pompiers entrèrent dans l'appartement. Le couloir était étroit et Nicolas fut obligé de le quitter pour les laisser s'occuper de moi. Ils lui posèrent également quelques questions avant de me hisser sur une civière pour me transporter dans leur camion et m'emmener à l'hôpital.

Nicolas n'eut pas le droit de monter dans le camion et me retrouver séparée de lui augmenta ma panique. À intervalles réguliers, on me baladait une lumière devant les yeux, on me posait tout un tas de questions auxquelles je n'arrivais pas à répondre. J'étais perdue, affolée, et incapable de réagir.

Finalement, le camion stoppa, les portes arrière s'ouvrirent et le brancard fut poussé à l'intérieur du service des urgences d'un hôpital. Ma capacité de réagir revint en même temps que les paroles du pompier transmettant au médecin urgentiste percutèrent le brouillard qui m'avait jusqu'à présent enveloppée.

—Jeune femme de 22 ans, enceinte de 13SA, aurait eu une crise de convulsions en rentrant chez elle. Pouls à 120, tension 13/9, pupilles réactives. Elle n'a pu répondre à aucune des questions que nous lui avons posées jusqu'à présent. Son conjoint nous a informés qu'elle avait été victime d'un AVP[1] il y a deux semaines lors duquel elle a eu une luxation de l'épaule gauche. L'examen neurologique était alors normal.

— Très bien, nous la prenons en charge.

— Son conjoint suivait le camion, il ne devrait plus tarder à arriver.

— Audrey, quand il se présentera, amenez-le-moi. Je vais avoir des questions à lui poser. Allez, on l'emmène en salle de soins. Appelez un gynéco, il faut qu'on vérifie que le bébé va bien.

Le bébé... Je n'avais pas un seul instant eu une pensée pour le bébé. Bon, en réalité, depuis que j'avais rouvert les yeux, je n'avais pas pensé tout court.

On me transféra rapidement du brancard des pompiers au lit d'hôpital des urgences, puis une infirmière s'affaira autour de moi, reprenant mon pouls, ma tension, on me fit une prise de sang et ensuite le médecin se pencha vers moi.

Ma panique était clairement visible dans mon regard, et il comprit immédiatement que j'avais repris mes esprits. Il se mit à me poser un tas de questions, auxquelles cette fois je répondis.

Nicolas arriva dans la pièce en même temps que le gynécologue. Le pauvre dut ressortir pour s'entretenir avec l'urgentiste pendant que le gynécologue effectuait son propre examen suivi d'une échographie.

Le bébé allait parfaitement bien. Il continuait sagement sa

1 AVP : accident de la voie publique.

petite vie dans sa bulle amniotique, comme si les incidents du monde extérieur n'avaient aucune prise sur lui.

Ensuite, on m'emmena passer un scanner avant de me transférer dans une chambre. J'allais visiblement devoir rester sur place.

Je commençais à somnoler quand Nicolas entra dans la pièce. Il vint aussitôt s'installer dans le fauteuil près du lit et me saisit la main :

— Hey ! Comment te sens-tu ?

— Fatiguée. Et perdue.

— Le médecin attend le résultat du scanner. Il espère pouvoir expliquer ensuite ce qu'il t'est arrivé. Pour le moment, il n'a pas de réponse.

— Que s'est-il passé ?

— Tu t'es écroulée brusquement et ensuite tu as convulsé. J'ai tout de suite appelé les pompiers.

— Je ne me souviens pas. Je me rappelle que tu étais furieux, on a commencé à se disputer et ensuite…

Je faisais un réel effort pour me souvenir, les derniers événements peinant à remonter à la surface de ma mémoire. Je me souvenais de notre sortie en boîte avec les filles, l'arrivée des garçons aussi furieux l'un que l'autre, le trajet en voiture tendu, et notre dispute au terme de laquelle Nicolas avait fini par m'avouer…

— Tu as dit que tu m'aimais, mais que tu ne le voulais pas.

J'avais fait cette remarque d'un ton à la fois éberlué et blessé. Je me rappelais parfaitement désormais l'avoir poussé à bout. Il avait fini par lâcher sa bombe, mais avec énormément de regret et de colère dans la voix.

D'instinct, je lui retirai ma main. Je ne voulais plus qu'il me touche.

— Je suis fatiguée. Tu devrais rentrer te reposer.

Et sur ces mots, je fermai les yeux pour ne plus le voir.

Épuisée par ma journée, je m'endormis immédiatement, sans savoir s'il était resté ou non.

Le lendemain matin, à mon réveil, j'étais seule dans la chambre. Même si la veille j'avais souhaité son départ, j'étais malgré tout déçue. Une partie de moi aurait souhaité la présence de Nicolas à mes côtés. Mais le souvenir de ses aveux faits à contrecœur m'aidait à prendre sur moi.

J'avais hâte de voir le médecin pour apprendre s'il avait une réponse à donner sur cette soudaine crise de convulsions. Je voulais sortir au plus vite de l'hôpital et aller récupérer mes affaires chez Nicolas pour me trouver un nouveau refuge. Je ne pouvais obliger un homme à m'aimer. Pas s'il le refusait de tout son être. Et je ne pouvais pas mettre un enfant au milieu de tout ça. Au fil du temps, la situation s'envenimerait irrémédiablement et c'est un petit être innocent qui en souffrirait le plus.

Il me fallait couper court à tout ça et débuter un nouvel avenir seule. J'avais assez de volonté pour y arriver.

Le médecin fit sa visite en milieu de matinée. Aucune anomalie n'avait été révélée par le scanner, mon bilan sanguin était normal ainsi que le bilan obstétrique. Il ne trouvait donc aucune raison qui puisse expliquer mon malaise de la veille. Je l'informai en même temps des nombreuses migraines dont j'étais victime depuis peu. Je le vis froncer les sourcils, mais aucun diagnostic ne fut envisagé pour autant.

Il termina sa « consultation » en m'informant qu'il me laissait sortir de l'hôpital, mais que par prudence, il souhaitait que je consulte un de ses confrères neurologues qui aurait peut-être une piste à suivre. Je devais juste pour le moment me reposer, éviter les situations de stress et continuer au maximum ma vie de tous les jours. Puis, sur un « bon retour chez vous », il quitta la chambre.

20

À peine eut-il quitté la pièce que je voulus appeler Chloé, mais je n'avais pas mon téléphone sur moi. L'inconvénient d'être arrivée via le camion des pompiers. J'avais en tout et pour tout la chemise d'hôpital sur moi, mes vêtements de la veille rangés dans l'armoire de la chambre et rien d'autre.

J'aurais souhaité éviter de devoir compter sur Nicolas pour sortir d'ici, mais visiblement j'allais devoir m'y résoudre. Je fus donc surprise de voir arriver en début d'après-midi Chloé. Un petit sac de voyage dans une main, elle entra comme en terrain conquis et posa ce dernier au pied du lit.

— J'ai pensé que tu souhaiterais certainement te changer avant de rentrer.

— Comment as-tu su que j'étais ici ?

— Nicolas a appelé Aiden complètement paniqué hier soir pendant qu'il suivait le camion des pompiers. Je voulais venir, mais Aiden a refusé. L'infirmière m'a dit qu'ils avaient tes papiers de sortie. Le médecin a trouvé ce qui avait provoqué la crise ?

— Non. Il n'explique pas non plus les maux de tête.

— Et ils te laissent sortir ?

— Ils ont peut-être besoin du lit pour un patient dans un état plus critique que le mien.

— Mais tu es enceinte.

— Et alors ? Ils ne me laissent pas partir dans la nature comme ça non plus. Pour le moment, ils n'ont aucune explication. Tous les examens sont revenus normaux. Ils m'envoient consulter l'un de leurs confrères, un neurologue.

— Bon, c'est déjà ça. Tu veux te doucher ici ou chez Nicolas ?

— Ici. Ensuite, j'aimerais que tu m'emmènes chez Nicolas pour récupérer mes affaires et si possible que tu me déposes ensuite chez ma belle-mère.

Je la vis immédiatement froncer les sourcils.

— Tu ne restes pas chez Nicolas ? Il est au courant ?

— C'est compliqué, lui répondis-je dans un souffle. Je ne veux pas m'imposer. S'il avait réellement le choix, il préférerait me voir disparaître. Je lui offre l'opportunité de reprendre le cours de sa vie, c'est tout.

— Mais…

— S'il te plaît, Chloé, la coupai-je d'une voix lasse, je n'ai pas envie d'en discuter pour le moment. Peux-tu faire ça pour moi ou dois-je appeler un taxi ?

— Je vais le faire, mais attends-toi à ce qu'il soit furieux quand il rentrera de son rendez-vous en fin d'après-midi.

— Crois-moi, il sera plus soulagé que furieux.

Et avant qu'elle puisse argumenter en faveur de son frère, je filai en direction de la salle de bain pour me doucher et m'habiller.

Lorsque Chloé me déposa chez ma belle-mère, elle tentait encore de me convaincre de retourner chez son frère, ou à défaut chez elle. Je refusai les deux solutions et sortis de la voiture.

Une fois dans l'appartement qu'avaient autrefois partagé mon père et Adrienne, j'eus un rapide pincement au cœur. Mais une fois le seuil passé, la stupéfaction remplaça sur-le-champ la nostalgie et la tristesse.

Toute la décoration avait été modifiée. J'avais l'impression de mettre les pieds dans l'appartement d'inconnus.

Ma belle-mère vint rapidement m'accueillir. Elle m'expliqua succinctement avoir tout fait redécorer car elle n'arrivait plus à soutenir les souvenirs de sa vie auprès de mon père dans cet appartement sans l'avoir à ses côtés. Elle m'installa dans mon ancienne chambre pour que je puisse me reposer, mais tenta maladroitement de me faire comprendre que si elle acceptait ma présence, celle-ci ne pourrait pas se prolonger. Elle souhaitait continuer à me voir régulièrement, que je vienne manger avec elle le midi comme j'en avais pris l'habitude, mais qu'elle pensait préférable pour moi d'avoir mon propre chez-moi plutôt que de partager mon espace avec une personne de son âge. Elle proposa même de m'aider à faire le tour des agences immobilières pour m'aider à trouver l'endroit parfait pour « faire mon nid ».

Sur l'instant, trop estomaquée pour répondre, je me contentai de hocher la tête. Elle dut se satisfaire de cet acquiescement puisqu'elle quitta la pièce.

En fin d'après-midi, alors que j'avais fini par m'assoupir, mon téléphone se mit à sonner. Le temps de réagir, j'avais loupé l'appel, mais la sonnerie reprit presque aussitôt. Un coup d'œil à l'écran m'informa qu'il s'agissait de Nicolas. Chloé avait peut-être eu raison de penser qu'il n'apprécierait pas que je quitte le navire. Ne me sentant pas capable de lui donner la réplique pour le moment, je rejetai l'appel et éteignis mon téléphone.

Le lendemain, téléphone toujours éteint, j'arrivai en cours pile à l'heure. M'installant rapidement aux côtés de Chloé, je n'eus même pas le temps de lui souffler un « bonjour ».

Au bout de dix minutes, le premier petit mot glissa sur ma partie du bureau.

« Nicolas est furieux. Il m'en veut •e t'avoir laissé faire. »

« Je suis •ésolée, je n'aurais pas •û t'embarquer là-•e•ans. »

« Ce n'est pas grave. Il me par•onnera. Tu lui as parlé ? »

« Pas eu le courage. J'ai éteint mon téléphone. »

« Atten• s-toi à le trouver • ehors quan• on sortira • e cours alors. »

« Pourquoi ? »

« Il voulait aller te chercher chez ta belle-mère. Ai• en l'a convaincu • e te laisser la soirée pour te reposer. Il a affirmé que si à mi• i aujour• 'hui il ne t'avait toujours pas parlé, il vien• rait te chercher par la peau • es fesses. »

« La peau • es fesses... ??? »

L'image de Nicolas venant me chercher par « la peau des fesses » me fit pouffer.

— Mesdemoiselles, si le cours vous ennuie, la porte est ouverte. Sinon, je ne veux plus vous entendre ni voir circuler ces petits bouts de papier.

Nous rougîmes l'une comme l'autre et préférâmes être studieuses pour le reste du cours.

Je passai la journée sur mes gardes, m'attendant à voir apparaître le père de mon enfant à chaque fin de cours, mais chaque fois, il n'y avait personne.

Au dernier cours, je commençais à me détendre. J'allais pouvoir retourner tranquillement chez ma belle-mère, travailler mes cours et regarder les annonces pour m'acheter un appartement.

Je passais donc les portes de l'école totalement apaisée, et plaisantant avec mon amie quand je vis celle-ci esquisser une grimace.

Sur le bord du trottoir, sur une zone pourtant interdite au stationnement, était garé le gros véhicule d'Aiden. Adossés à celui-ci se tenaient les deux frères Delacroix. Les deux hommes arboraient des mines totalement opposées. Aiden était totalement détendu, que ce soit dans sa pose – avec les mains au fond des poches de son pantalon – ou sur les traits de son visage. Quand il vit sa femme approcher, je vis même un sourire illuminer son visage.

Nicolas, quant à lui, était... crispé. Les bras croisés sur le torse, il cachait son expression belliqueuse derrière les verres fumés de ses lunettes de soleil. Nul doute qu'il n'était pas là pour faire la paix.

Je n'avais pas envie de l'affronter, mais j'allais devoir m'y résoudre. Je devais agir en adulte.

Sans même un bonjour pour lui ou son frère, je me plantai devant lui et lui annonçai de but en blanc :

— Allons discuter dans le café d'à côté.

— La discussion sera pour plus tard, nous étions invités chez mes parents et je n'ai pas annulé.

Me tournant vers Chloé, je lui lançai un regard intrigué. Elle haussa une épaule avant de dire tout bas :

— Pas la peine de me regarder, je n'étais pas au courant.

Fixant à nouveau mon regard sur Nicolas, ou plutôt tentant de capter son regard à travers ses lunettes, je me demandai furtivement s'il souhaitait réellement m'avoir à ses côtés. S'il seulement il avait pu se détendre un peu, j'aurais pu espérer que ce soit le cas. Mais tout dans son attitude me forçait à penser qu'il aurait préféré que je ne rencontre jamais ses parents. Je le connaissais assez également pour savoir que refuser engagerait une bataille verbale que je n'étais pas prête à assumer. Je ne voulais pas me disputer. Pas aujourd'hui.

Je fus donc la première à abdiquer, à détourner le regard, et sur un souffle, laissant mes épaules s'affaisser dans la défaite, je fis un pas vers la voiture, indiquant ainsi que j'allais les suivre.

Nicolas fut silencieux durant tout le trajet. Chloé avait eu la grande idée de se mettre entre son frère et moi, et je ne pouvais que l'en remercier silencieusement.

Je profitai du trajet pour avertir ma belle-mère que je ne serais pas là pour le dîner et que je ne savais pas encore à quelle heure je rentrerais.

Pas une seule fois, je n'accordai un regard à Nicolas. La tension qui émanait de lui était palpable pour toutes les personnes présentes dans le véhicule. Cette attitude me mettait sur des charbons ardents. Je ne savais absolument pas comment il comptait me présenter à ses parents, surtout avec cette attitude distante envers moi.

Finalement, j'aurais peut-être préféré la dispute. Était-il trop tard pour faire marche arrière ?

21

À notre arrivée, nous descendîmes tous du véhicule. Aiden et Chloé prirent la tête de la marche. Nicolas se tenait à mes côtés et moi, bêtement, je regardais la demeure avec des yeux ronds. Toute ma vie j'avais vécu à l'abri du besoin, pouvant obtenir tout ce qu'il me plaisait d'un simple claquement de doigts, sans que cela ne me monte jamais à la tête. Et aujourd'hui, j'étais statufiée devant la demeure imposante des parents de Nicolas, comme si je n'avais jamais rien vu de plus opulent.

Je me repris à l'instant où je sentis une de ses mains se poser au creux de mes reins et son souffle effleurer mon oreille.

— Je sais qu'en cet instant, tu ne souhaites pas être ici, mais s'il te plaît, ils sont persuadés que notre couple est solide et que nous nous réjouissons de l'arrivée de ce bébé. Peux-tu mettre tes griefs envers moi de côté pour ce soir ?

Cet homme avait l'art de toujours dire les mots qui me mettaient en rage. Venait-il d'insinuer qu'il ne se réjouissait pas de l'arrivée du bébé ? Pouvais-je être encore un peu plus blessée par son attitude envers moi ? Visiblement oui. J'aurais explosé dans la seconde si mon regard ne s'était pas posé sur l'image de la mère de Nicolas serrant contre son cœur Chloé. Ma colère s'apaisa immédiatement, une larme me vint au coin de l'œil. Ces gens semblaient aimer profondément mon amie. La façon dont ils la couvaient l'un et l'autre d'un regard empli d'amour me faisait chaud au cœur. Chloé n'avait peut-être plus de parents à elle, mais elle avait trouvé chez les Delacroix une véritable famille.

— Très bien. Pas de vague. Tes parents seront persuadés que nous vivons tous les deux au pays des Bisounours. Mais je ne changerai pas d'avis. À la fin de la soirée, je rentre chez Adrienne. Ce sera à toi de leur expliquer dans quelque temps la comédie que tu me forces ce soir à jouer. À toi de leur expliquer qu'en réalité tu n'as jamais voulu ni de moi ni de ce bébé.

Sur ces dernières paroles que j'espérais assez assassines, je me dirigeai, sourire aux lèvres, vers le groupe qui avait désormais le regard fixé sur nous afin de me présenter à ces gens visiblement adorables.

La soirée fut à la fois un calvaire et un enchantement. La famille de Nicolas était en or. Il était difficile de croire que l'homme qui avait jusqu'à récemment partagé ma vie puisse être un homme aussi cynique après avoir grandi entouré des Delacroix. J'avais de la peine à l'idée plus tard de les décevoir quand ils s'apercevraient que leur fils leur avait menti – et moi aussi par la même occasion – et que nous ne formions pas le couple de rêve pour lequel ils nous prenaient.

Nicolas enchaînait les gestes tendres à mon encontre, il était joyeux, presque toujours sourire aux lèvres. Il taquinait son frère et sa sœur avec beaucoup de joie. Le voir ainsi me faisait mal, car jamais il ne s'était départi assez de son sérieux et de ses désillusions envers la gent féminine pour se comporter ainsi envers moi. J'avais l'impression qu'on me mettait sous les yeux ce que j'aurais pu souhaiter pour moi dans le futur, qu'on me donnait un aperçu du compagnon et futur père idéal que pouvait être Nicolas, dans le seul but de me le retirer ensuite. Me montrer ce que je n'aurais jamais.

Plus les heures défilaient et moins je réussissais à faire bonne figure, mon sourire factice disparaissait lentement pour laisser place à un visage neutre pouvant laisser transparaître que le visage défait n'était pas loin. Je n'arrivais plus à simuler la joie dans ma voix et petit à petit je ne pris plus part à la conversation. Je restais désormais assise à ma place, la main de Nicolas posée sur ma cuisse comme si c'était naturel alors que ce ne l'était pas le moins du monde, et j'écoutais d'une oreille distraite.

Un nouveau rire de Nicolas me ramena à la réalité et ne pouvant en supporter davantage, je m'excusai et sortis de la pièce. Grâce à la visite guidée que m'avait faite Chloé en début de soirée, je retrouvai facilement la salle de bain. M'y enfermant, je m'adossai un instant à la porte, fermant les yeux et tentant de reprendre mon souffle.

Je n'étais pas certaine de pouvoir continuer encore longtemps la comédie que m'imposait Nicolas, cela me faisait horriblement mal de mentir à ces gens. Que penseraient-ils de moi quand ils apprendraient que je leur avais joué ce soir une véritable comédie ? Une soudaine nausée me prit. Je fus obligée de m'approcher du lavabo où je rendis une partie de mon repas. Ouvrant le robinet pour me rincer la bouche, j'affrontai ensuite mon regard dans le miroir.

Je n'aimais pas la personne que j'y voyais. Elle était tellement éloignée de la jeune femme toujours joyeuse et insouciante d'il y a quelques mois. Je voulais redevenir cette personne, mais sans savoir comment y parvenir.

Un dernier coup d'eau fraîche sur le visage et je sortis de la salle de bain.

Face à la porte, adossé au mur, se tenait Nicolas, mains dans les poches, sourcils froncés. Allons bon ! Qu'avais-je encore fait pour le décevoir ?

— Tu as encore vomi.

Ce n'était pas une question, mais un constat de sa part.

— Oui, et parfois j'ai la tête qui tourne, des bouffées de

chaleur, des envies grotesques... Bref, je suis une femme enceinte lambda.

— Tu n'es pas n'importe quelle femme enceinte, et à ce stade de la grossesse tu ne devrais plus avoir autant de malaises.

— Eh bien j'en ai encore. Est-ce que je peux rentrer chez moi maintenant ? Je suis fatiguée.

Durant un très court instant, je crus voir une lueur d'inquiétude dans ses iris, mais ce fut tellement furtif... Je prenais certainement mes rêves pour la réalité.

— Nous devons discuter.

— Je ne suis pas sûre d'en avoir envie.

— Je te propose un marché. Tu rentres avec moi ce soir – je te laisserai la chambre – et demain matin nous discutons. Ensuite, si tu as toujours envie de retourner chez ta belle-mère, je m'y plierai. Mais ne compte pas sur moi pour disparaître totalement du paysage. C'est aussi mon enfant que tu portes.

Toute personne pouvant voir son visage en cet instant pourrait certifier qu'il était déterminé. Et je savais que je ne pourrais pas le fuir éternellement. Comme il venait si judicieusement de me le rappeler, il était le père de l'enfant qui se cachait derrière le petit bombement de mon ventre.

— Très bien, je te suis pour ce soir et demain nous discuterons.

22

Il tint sa promesse.

À notre retour dans le salon, il s'excusa auprès de ses parents, arguant de ma fatigue pour donner le signal du départ. Étant venus à une seule voiture, Aiden et Chloé partirent avec nous. Contrairement à l'aller, Nicolas prit la place du milieu à l'arrière de la voiture pour me tenir contre lui. J'étais épuisée et je m'endormis contre son épaule, bercée par la voiture en mouvement et avec un sentiment de sécurité que je ne ressentais dernièrement que lorsque je me trouvais dans le creux des bras de l'homme dont je respirais à cet instant l'odeur.

Je dormis cette nuit-là dans sa chambre, seule, enveloppée dans un de ses tee-shirts.

À mon réveil, le lendemain, je me sentais en forme, reposée et affamée. Le soleil était déjà haut dans le ciel, et un coup d'œil au réveil m'informa que la matinée était déjà bien entamée. Lorsque l'information monta jusqu'à mon cerveau, je bondis comme un diable de sa boîte hors du lit. J'étais en retard et avais déjà loupé les premiers cours de la journée.

Sans réfléchir une minute, j'empoignai mes vêtements et

me ruai dans la salle de bain. Je ne pouvais pas me permettre de louper les cours. J'allais déjà devoir redoubler mon année à cause du bébé. Il me fallait prendre le plus d'avance possible pour être certaine d'être à la hauteur lorsque je retournerais en cours et que je devrais en parallèle m'occuper de ce petit être.

Après une douche rapide, je me séchai rapidement. Juste avant d'enfiler mes vêtements, je m'observai dans la glace, une main posée sur mon ventre. Maintenant, je ne pouvais plus cacher ma grossesse. Ce qui n'avait été au début qu'une petite bosse à peine perceptible était désormais un joli ballon bien gonflé. Je n'étais pas encore énorme, mais on ne pouvait plus douter maintenant que ce qui se cachait derrière ce ventre rond était bel et bien un bébé. Avec un sourire aux lèvres, je me repris et finis de me préparer.

En entrant dans le salon, j'aperçus immédiatement Nicolas. Assis sur le canapé, son ordinateur portable sur les genoux, lunettes au nez, il était entièrement concentré sur ce que l'écran affichait.

Je me fis la réflexion que c'était la première fois que je le voyais porter des lunettes. Preuve que nous ne nous connaissions pas véritablement.

Je ne pus l'observer plus longtemps. Comme conscient de ma présence, il leva les yeux vers moi et ferma son ordinateur pour le poser sur la table basse.

— Bonjour, ton petit déjeuner est dans la cuisine. Nous discuterons lorsque tu auras mangé.

La simple idée de manger provoqua une nausée. La bouche close, je me contentai de secouer négativement la tête pour refuser. Quand je fus certaine que je n'irais pas vomir, je me risquai à parler.

— C'est gentil, mais en ce moment, je ne peux rien avaler le matin.

— Il faut pourtant que tu manges. Je m'inquiète de te voir aussi malade, sans parler de la crise de convulsions de l'autre soir. Le médecin a refusé de me dire quel était son diagnostic final.

— Il n'en a pas. Il m'envoie voir l'un de ses confrères neurologue.

— Tu as pris le rendez-vous ?

— Je n'ai pas eu le temps.

Je vis distinctement ses mâchoires se serrer de mécontentement. Alors je m'empressai d'ajouter :

— Je le ferai avant la fin de la journée. Pour le moment, il faudrait que tu me déposes à l'école.

— J'ai appelé pour leur dire que tu serais absente.

— Nicolas ! Tu ne peux pas prendre les décisions à ma place. Je ne peux pas me permettre de louper plus de jours de cours.

— Nous devons discuter, et ça risque de prendre du temps.

— Que voudrais-tu ajouter à ce que tu m'as déjà dit ?

— Pour commencer, que contrairement à ce que tu sembles croire, je me réjouis réellement de l'arrivée du bébé, et que je souhaite réellement t'avoir à mes côtés.

— Tu as dit que tu ne voulais pas m'aimer.

— J'étais furieux. Je me suis inquiété pour toi et ma sœur et quand on vous a retrouvées vous étiez en train de vous amuser. Tu me fais ressentir des choses que je n'avais pas ressenties depuis des années. Il m'a fallu du temps pour accepter de m'ouvrir à ma propre sœur, et toi tu débarques du jour au lendemain et tu chamboules toute ma vie. Oui, il m'arrive d'être furieux pour ce que je ressens pour toi. Mais je sais aussi que cela peut être l'une des plus belles choses qui pourraient m'arriver. J'ai déjà été amoureux, et cela s'est très mal terminé. Tu ne peux m'en vouloir d'essayer de me protéger.

— Si je peux. Je le peux quand cela implique que tu me rejettes.

— Je ne t'ai pas rejetée, c'est ta propension à fuir dès que les choses ne te conviennent pas qui complique la situation plus qu'elle ne l'est déjà.

— Tu ne peux m'en vouloir d'essayer de me protéger et de chercher à protéger la vie qui est en moi.

— Je le peux, quand c'est de moi dont tu cherches à vous

protéger. Je ne te ferais jamais de mal, Jade.

— Prouve-le-moi.

— Comment ?

— Je veux apprendre à te connaître, je veux qu'on arrête de sauter les étapes. Plus de secrets, plus de suppositions foireuses. Si tu veux savoir quelque chose sur moi, tu me le demandes. Et je ne veux pas que l'on vive ensemble pour le moment.

Il ferma un instant les yeux, cherchant certainement comment objecter ma dernière volonté.

— Ce n'est pas négociable. Je vais peut-être demander à ta sœur de me prêter à nouveau sa maison. Ma belle-mère ne peut pas m'héberger beaucoup plus longtemps et je ne me sens pas encore prête à acheter un appartement.

— Très bien. On ne vit pas ensemble, mais on se voit tous les jours.

— Non. Des rencards si tu veux, mais pas tous les jours. Ma vie a été bouleversée de bien des façons ces derniers temps. J'ai besoin de retrouver mes repères. Seule.

— Contre-proposition, je te laisse tranquille en semaine, mais on passe nos week-ends ensemble et je viens avec toi aux rendez-vous médicaux.

— D'accord. Et maintenant que nous sommes sur la même longueur d'onde, que va-t-on faire pour occuper le reste de la journée ?

— Pour commencer, tu pourrais lâcher le chambranle de la porte du couloir et venir t'installer sur le canapé. On peut aussi sortir et faire quelques magasins. Je voudrais convertir mon bureau en chambre d'enfant.

Sa proposition me fit en partie fondre. Il semblait réellement prendre ses responsabilités et s'apprêter à accueillir un bébé chez lui. Aurais-je ma place à ses côtés à ce moment-là ?

23

Ma vie reprit un cours « presque » normal.

J'habitais à nouveau dans la maison de Chloé, j'allais chaque jour en cours, Nicolas m'appelait tous les soirs et le vendredi, après son boulot, il venait avec un sac pour le week-end. Nous faisions chambre à part et apprenions petit à petit à nous connaître. Nous avions encore l'un pour l'autre bien des secrets, mais je commençais à lui faire confiance et apprécier réellement sa présence.

Mon ventre continuait à s'arrondir, j'entrais maintenant dans mon sixième mois et le bébé évoluait correctement. Ma santé semblait par contre plus chaotique. Les nausées refusaient de disparaître, ainsi que les vertiges. J'avais fait deux autres allers-retours aux urgences pour des crises de convulsions. Les médecins n'avaient aucune explication à fournir et je voyais l'inquiétude se peindre sur les traits de Nicolas. J'appréhendais le jour où il me clouerait au fond d'un lit tant qu'aucun médecin n'aurait trouvé comment me guérir.

Je continuais à voir ma belle-mère. Nous mangions chez elle le midi trois à quatre fois par semaine. Et bien qu'elle n'avait pas eu l'air enchantée de m'héberger, elle semblait paradoxalement ravie de me voir si souvent. Je mis son comportement sur le fait que je devais certainement lui rappeler son mari récemment disparu et qu'elle était ravie de me voir, mais à petites doses.

Le temps filait à une allure folle. Noël était déjà passé. Je l'avais passé avec Adrienne pendant que Nicolas était dans sa famille. Mon refus d'être à ses côtés avait provoqué une belle dispute, mais j'avais tenu bon et obtenu gain de cause.

Nous étions maintenant en février et j'allais devoir commencer à lever le pied. Mes symptômes jusqu'à présent mis sur le compte de la grossesse devenaient de plus en plus handicapants et ma volonté de cacher au maximum à Nicolas mon état ajoutait à ma fatigue.

En rentrant des cours ce jour-là, j'étais exténuée. J'avais mal dormi la nuit précédente, victime de nausées insupportables et de vertiges dès que je me levais. Dans la journée, les symptômes s'étaient quelque peu atténués mais reprenaient de plus belle depuis près d'une heure.

À peine la porte d'entrée franchie, je sus que je n'aurais pas tout de suite la tranquillité à laquelle j'aspirais tellement.

Nicolas se tenait contre le chambranle de la porte du salon, m'attendant visiblement. Il ne me laissa pas un instant fuir son regard et me demanda impérieusement de le suivre. Nous avions à discuter selon lui. Je le suivis à l'intérieur de la pièce, bon gré mal gré, n'ayant pas la force mentale de me battre avec lui.

Je fermai les yeux de plaisir en m'asseyant dans le fauteuil près de la cheminée. Ce répit dans mes vertiges n'était pas pour me déplaire, bien qu'être allongée en cet instant me semblât une perspective encore plus alléchante.

— Tu as l'air épuisée.

— Peut-être parce que c'est le cas.

— Il serait peut-être temps d'arrêter les cours.

Ses paroles me firent ouvrir les yeux de surprise. Arrêter ma formation ? Déjà ? Il était absolument hors de question d'arrêter tout de suite, je devais prendre le plus d'avance possible.

— Ce n'est pas encore le moment, répliquai-je d'un ton catégorique.

— Bon sang, tu en es déjà à six mois de grossesse, tu as prouvé à tout le monde que tu gérais la situation.

— Écoute, mon congé maternité arrive bientôt. Je n'ai plus que quelques semaines à tenir. Le bébé se porte parfaitement bien et tant que ce sera le cas, je continuerai d'aller en cours.

— Le bébé se porte bien, mais pas toi.

— Je commence à en avoir assez de t'avoir sur le dos comme une mère couvant son petit. Si tu es venu pour me faire la morale, tu peux repartir chez toi, m'énervai-je.

En plus d'être épuisée, j'étais désormais en colère. Les hormones avaient ce désavantage de me faire démarrer au quart de tour et ces derniers temps, je sortais facilement de mes gonds.

Me relevant de mon fauteuil, je quittai la pièce au pas de charge, ignorant sa voix impérieuse qui exigeait que je revienne immédiatement. Ma sensation de vertige reprit de plus belle, ma levée brutale du fauteuil n'ayant pas atténué la sensation, bien au contraire. Arrivée à ma chambre, j'étais à deux doigts de tomber dans les pommes.

Le temps de verrouiller la porte pour être certaine d'être tranquille et je me laissais tomber sur mon lit en position fœtale, tentant ainsi de me protéger du reste du monde.

Nicolas n'avait pas tort quand il affirmait que je ne semblais pas en bonne santé. J'avais fait au cours des trois derniers jours plusieurs malaises pendant mes heures de cours. J'avais réussi à obtenir de Chloé qu'elle garde le silence et n'en parle pas à son frère, mais je savais qu'elle ne resterait pas silencieuse éternellement. Nicolas avait peut-être raison, et il était peut-être temps de lever le pied.

La simple idée de manger me donnant la nausée, je décidai de faire l'impasse sur le dîner et filai prendre une douche. Par chance, à aucun moment Nicolas ne montra le bout de son nez. Je pus ainsi me revigorer un peu sous le jet brûlant puis regagner ma chambre sans avoir été importunée. Enfilant un pantalon de yoga et un tee-shirt de Nicolas qui s'était « accidentellement » glissé dans mon armoire, je me glissai ensuite sous la couette.

Le sommeil ne fut pas long à me gagner et j'aurais certainement dormi d'une traite jusqu'au lendemain matin si des crampes au niveau du ventre ne m'avaient tirée des bras de Morphée.

Les premières furent inconfortables, mais supportables. Changeant de position, j'espérais me rendormir, mais les crampes gagnaient non seulement en intensité mais aussi en fréquence. Elles venaient, repartaient, pour revenir après un court répit. C'était ma première grossesse, mais j'étais étudiante sage-femme, je compris donc assez vite que mes « crampes » étaient en réalité des contractions. Et des contractions aussi violentes à ce stade de la grossesse n'étaient généralement pas bon signe.

Me redressant, j'attrapai mon téléphone sur la table de chevet, hésitant sur la conduite à tenir. Il était quand même une heure et demie du matin. C'est la sensation d'un liquide chaud coulant entre mes cuisses qui me décida. J'appelai Nicolas d'une voix forte une première fois, une seconde. À la troisième je hurlai presque, les larmes commençant à couler le long de mes joues comme je réalisais qu'il n'était peut-être pas dans la maison. Activant l'écran de mon téléphone, je l'appelai. La sonnerie retentissait, troublant le silence de ma chambre. Il répondit à la quatrième sonnerie.

— Pitié, dis-moi que tu es dans la maison, ou pas loin en tout cas.

— Je suis sur le chemin du retour, j'arrive dans quelques minutes. Pourquoi ?

— Nicolas… Je… je crois que je suis en train de perdre le bébé.

Et comme si ces mots avaient rendu la chose réelle, j'éclatai en lourds sanglots. Je sentais quelque chose couler entre mes cuisses et je n'osais pas regarder si j'avais percé la poche des eaux ou si c'était du sang. J'avais peur. J'étais terrorisée. Me roulant en boule, je me tenais le ventre, comme si mes mains pouvaient empêcher l'inéluctable. Je pleurai de plus belle.

J'avais conscience de la voix de Nicolas qui résonnait dans le téléphone, mais j'avais laissé celui-ci tomber sur l'oreiller et je n'avais plus la force de le prendre pour le rassurer. Je ne pouvais pas le rassurer en lui parlant alors que j'étais au bord de la crise de panique.

Les minutes me semblèrent durer des heures. Et puis, finalement, j'entendis la porte d'entrée s'ouvrir violemment, quelqu'un courir dans les escaliers et la poignée de ma porte s'abaisser. Oh bon sang, j'avais fermé à clé en revenant de la salle de bains.

Je m'imaginais déjà mourir au milieu de la mare de sang – car j'avais fini par regarder et c'était bien du sang qui coulait sans discontinuer – qui semblait désormais envahir le matelas quand la porte alla cogner contre le mur, victime d'un coup de pied magistral du père de mon enfant. Maintenant qu'il était là, j'allais pouvoir me laisser aller. Il prendrait soin de nous, je le savais. Mais il ne m'en laissa pas la possibilité. Prenant mon visage entre ses mains, il m'appela, de plus en plus fort, m'empêchant de sombrer. J'ouvrais difficilement les yeux, encouragée par sa voix paniquée. Plongeant mon regard dans le sien, je faisais face à un douloureux dilemme : lutter de toutes mes forces pour rester avec lui malgré la douleur ou me laisser gagner par l'inconscience pour échapper aux contractions douloureuses de mon abdomen.

Nicolas me souleva dans ses bras avant de se diriger au pas de charge vers l'extérieur. En moins de temps qu'il n'en fallait pour le dire, il m'installa dans sa voiture, boucla ma ceinture et prit place derrière le volant avant de démarrer sur les chapeaux de roues. Durant tout le trajet en direction de l'hôpital, il me força à garder les yeux ouverts, m'appelant – ou plutôt hurlant mon prénom – quand je les fermais un seul petit instant.

À notre arrivée à l'hôpital, le froid m'avait envahie. J'avais l'impression d'être enveloppée dans du coton. C'était comme si j'étais devenue spectatrice de ma propre vie. Malgré tout, j'avais encore conscience de Nicolas me prenant à nouveau dans ses bras pour entrer dans les urgences en exigeant un médecin. Tout comme j'eus conscience du moment où il me déposa sur le brancard, ce dernier roulant rapidement à travers les couloirs en direction de je ne sais où. Tout cela j'en avais conscience... mais je ne le réalisais pas. C'était comme si cela arrivait à quelqu'un d'autre. Et finalement... Un écran noir se posa sur le film de ma vie.

24

Au cours des jours qui suivirent, je fus à peine consciente. À plusieurs reprises, j'ouvris les yeux, l'esprit cotonneux et incapable d'enregistrer ce qui se passait autour de moi.

Nicolas était à chaque fois présent, les traits chaque fois un peu plus inquiets. Des poches pendaient d'un pied à perfusion, leurs tubulures m'envoyant ce dont mon corps avait besoin, notamment, s'il fallait en croire le rouge sombre des tuyaux, du sang. Le silence de la pièce était régulièrement perturbé par le bruit du cœur de notre bébé que nous retransmettait le monitoring. À chaque fois que je reprenais conscience, un voile noir m'enveloppait à nouveau avant que je puisse interagir avec le monde extérieur. Le bébé allait-il bien ? Allais-je bien ? Je n'en avais absolument aucune idée.

Et finalement, ce fut la nuit du 3e jour – comme j'allais l'apprendre plus tard – que je pus garder les yeux ouverts assez longtemps et enfin échapper au brouillard qui m'enveloppait.

Mon premier réflexe fut de poser une main sur mon ventre. Celui-ci était toujours bien rond, bien tendu. Le bébé semblait être encore à l'intérieur. Le bas de mon lit était surélevé par rapport au reste de la structure, surélevant ainsi mes jambes. Disparue la poche de sang, mais je continuais de recevoir d'autres liquides par perfusion.

Nicolas était avachi dans un fauteuil à côté de moi. Il était endormi, les traits tirés, pas rasé. Une de ses mains reposait sur mon lit et par réflexe, je posai ma main sur la sienne mais il ne réagit pas. Il devait vraiment être épuisé.

Nos deux mains presque enlacées, je m'endormis à nouveau, rassurée par sa présence à mes côtés.

Le lendemain, je me réveillai avant lui, nos mains toujours en contact. Je le regardais dormir quand une infirmière entra dans la chambre. Quand elle me vit enfin réveillée, elle me salua d'un « vous voilà de retour parmi nous » accompagné d'un grand sourire. Sa réplique réveilla immédiatement Nicolas qui se redressa d'un bond, comme pris en faute. Il se passa une main sur le visage, comme si ce geste pouvait l'aider à se remettre les idées en place et enfin… croisa mon regard.

Si dernièrement j'avais douté de lui, de ses sentiments envers moi, de sa volonté d'être auprès de moi, ce que je lus en cet instant dans ses yeux balaya tout sur son passage. Ils étaient emplis d'amour, de soulagement, d'une joie soudaine. J'eus l'impression que je venais de réaliser devant lui un véritable miracle.

Il ne prononça aucun mot, son regard parlant pour lui. Je sentis sa main, qui avait passé la nuit posée sur le matelas recouverte par la mienne, se retourner pour entrelacer nos doigts et sa seconde main se poser sur mon ventre rebondi, à laquelle répondit un joyeux petit coup de pied.

Les larmes me montèrent aux yeux, j'étais submergée par l'émotion. Et pendant tout ce temps, l'infirmière était restée silencieuse en changeant la poche de ma perfusion, un doux sourire aux coins des lèvres.

Elle ressortit tout aussi silencieusement, nous laissant à nos retrouvailles.

Je ne voulais pas encore parler, ne souhaitant pas repenser à ce qui m'avait conduite ici. Ça aurait gâché l'instant, et si j'avais eu mon mot à dire, je serais restée éternellement plongée dans son regard vert. Mais, toute chose ayant malheureusement une fin, nous fûmes interrompus par l'arrivée d'un médecin.

Je fus examinée sous toutes les coutures, on me posa plein de questions, puis on m'expliqua que j'avais été à deux doigts de perdre le bébé et peut-être même la vie. Un hématome s'était formé au niveau du placenta, et c'est celui-ci qui avait provoqué l'énorme perte de sang. Ce genre d'événement se déroulait généralement en début de grossesse provoquant souvent des fausses couches. Or, dans mon cas, il n'y avait à ce jour eu aucun élément précurseur. Toutes mes échographies avaient toujours été parfaites. De plus, à mon arrivée aux urgences, j'avais à nouveau convulsé, faisant craindre un éventuel risque d'éclampsie, mais là encore, aucune raison n'avait été trouvée pour expliquer ces dernières. Ma tension était parfaite, je faisais un peu de tachycardie, mais rien d'inquiétant en soi.

Les saignements s'étaient stoppés d'eux-mêmes, le bébé continuait à bien se porter, raison pour laquelle il était toujours en mon sein – bien qu'un examen complet lui serait fait à la naissance pour s'assurer de l'absence de séquelles –, et par mesure de précaution, on allait me garder quelque temps hospitalisée.

Quand le médecin quitta enfin la chambre, je me tournai vers Nicolas, les larmes aux yeux.

— Je suis désolée, tout est de ma faute.

Il me prit immédiatement dans ses bras, me rassurant par de douces paroles. Il ne me tenait absolument pas pour responsable de ce qu'il s'était passé, c'était la faute à pas de chance, tout allait s'arranger. Il semblait nettement plus confiant que moi et je puisais dans ses paroles le réconfort dont j'avais besoin.

Il resta auprès de moi les quatre jours suivants, ne me quittant que pour aller prendre une douche. Il commanda des plateaux-repas de l'hôpital pour partager avec moi le calvaire de l'alimentation hospitalière.

Chloé et Aiden vinrent également me soutenir.

Et au cinquième jour, n'ayant plus eu aucune alerte, Nicolas retourna au travail. La journée s'annonçait longue et ennuyeuse et je la commençais avec le moral un peu dans les chaussettes. Je fus donc agréablement surprise de voir débarquer dans ma chambre Chloé, Noémie, Damien, Anne et Yohann. En dehors de Chloé, je n'avais pas eu l'occasion de les revoir depuis bien trop longtemps. Cela remontait à la fête pour mon arrivée dans la maison de Chloé. Leur présence m'offrit une véritable bouffée d'oxygène. Un par un, ils vinrent m'embrasser, avant de squatter les fauteuils ou le bout de mon lit.

— Y en a une qui se la coule douce, mine de rien… Si tu voulais tellement te tourner les pouces, il aurait fallu me le dire avant, je te l'aurais fait avec plaisir moi ce bébé, me taquina Damien.

— Aux dernières nouvelles, tu n'étais pas libre, lui répondis-je, alors j'ai dû faire contre mauvaise fortune bon cœur et trouver quelqu'un d'autre…

— Aaaahh, pauvre de moi… Si j'avais su… exagéra-t-il en levant les yeux au ciel.

— D'ailleurs, tu n'as pas emmené Eden avec toi ?

— Sujet qui fâche, répondit Anne à sa place.

— Oh ! Désolée.

Ils passèrent l'après-midi avec moi et ne partirent que lorsque Nicolas revint pour les remplacer.

Durant mes trois semaines d'hospitalisation, les journées se déroulèrent approximativement selon le même schéma, mis à part que mes amis, ne pouvant pas se permettre de louper trop souvent les cours, alternèrent les visites plutôt que de venir en groupe.

Et enfin, les médecins m'autorisèrent à rentrer chez moi.

N'ayant eu aucune nouvelle crise, aucun nouveau saignement, l'hématome semblant se stabiliser, ils jugèrent que je pouvais me reposer dans mon lit. L'ombre au tableau fut que je n'avais aucun droit de me lever hormis pour aller aux toilettes et prendre rapidement ma douche. Et je ne pouvais pas habiter seule. Bref, j'allais non seulement devoir rester couchée, mais j'allais aussi être baby-sittée en permanence… par Nicolas.

25

Nicolas s'avéra moins tyrannique que je l'avais craint. Pour mon retour chez lui, il avait récupéré toutes mes affaires chez sa sœur, m'avait installée dans sa chambre telle une reine avec tout ce dont j'aurais pu avoir besoin à portée de main, y compris mes livres de cours.

Pour ce retour, il avait à nouveau aménagé son emploi du temps pour rester avec moi au maximum. Chloé et Aiden vinrent de façon régulière nous tenir compagnie, et dans ces moments-là, Nicolas m'autorisait à passer du lit au canapé du salon. Il faisait de véritables efforts pour me rendre la vie agréable, mais pour moi, j'avais l'impression de revenir à nouveau en arrière, de sauter les étapes. La vie semblait s'efforcer par tous les moyens de nous réunir sous le même toit alors que je ne me sentais pas prête pour la cohabitation.

Les jours passaient et je me sentais plonger dans une profonde déprime. J'avais beau être entourée, je n'arrivais pas à me sortir de cet état. Les journées semblaient s'étirer à l'infini. Moi, allongée dans ce lit sans autre réelle occupation que celle de regarder les heures défiler. Nicolas tentait bien de me faire la conversation, mais rapidement je n'eus plus rien à raconter, mes journées n'étant pas follement excitantes, et je me contentais de l'écouter me raconter les siennes, lui enviant cette liberté de mouvements qu'était la sienne.

Je n'avais plus eu aucune alerte, mais Nicolas restait strict et refusait de me voir me lever tant que le médecin n'aurait pas donné son accord. Je voyais encore sa panique se refléter dans son regard quand il repensait aux événements qui m'avaient conduite à l'hôpital, et dans un sens je le comprenais. Mais si je restais encore dans ce lit, à respirer l'odeur de Nicolas sans partager ses nuits, à vivre dans son univers en sachant qu'il ne voulait pas réellement de moi chez lui, qu'il ne le faisait que contraint et forcé, j'allais finir par exploser. J'avais tenté d'amadouer ma belle-mère pour qu'elle me recueille sous son toit. Elle avait semblé prête à le faire, mais Nicolas avait refusé net. Il me gardait près de lui, là où il pouvait me surveiller.

Finalement, la tension eut raison de mes nerfs la veille de ma visite chez le médecin, quand Nicolas m'annonça que si le médecin me donnait son accord pour reprendre une vie « normale » alors il partirait une semaine pour un voyage d'affaires à New York. Son départ aurait lieu le surlendemain de mon rendez-vous.

— Tu te fous de moi ? Tu vas me laisser seule ici ? Et s'il se passait quoi que ce soit ?

J'étais en colère, et en même temps tellement abasourdie par la nouvelle que mes paroles n'étaient pas aussi virulentes que je l'aurais souhaité.

— J'attends l'avis de ton obstétricien avant de confirmer mon départ. S'il trouve imprudent de te laisser, je laisserai Aiden partir seul.

— Tu pars avec ton frère ? Depuis quand avez-vous besoin d'être ensemble pour régler vos affaires ?

— Depuis que je passe plus de temps ici à m'occuper de toi qu'au bureau. Le client que nous devons rencontrer a toujours traité avec moi, mais dernièrement j'ai énormément délégué à Aiden et pour le coup, c'est lui qui connaît désormais mieux le dossier que moi. Le client veut me rencontrer moi, et c'est mon frère qui a toutes les réponses. Alors oui, nous y allons ensemble.

Son ton m'amena les larmes aux yeux. Il me rappelait sans aucun tact ce qu'il avait fait pour une femme dont il ne voulait même pas, pour un bébé qu'il n'avait pas voulu non plus.

— Tu sais quoi, n'attends même pas l'accord de l'obstétricien pour donner ton aval pour ce voyage. Pars. J'irai chez ma belle-mère, ou ailleurs. D'ailleurs, je devrais peut-être partir dès ce soir, pour te permettre de te remettre au boulot sans plus attendre.

Et pour lui confirmer le sérieux de mes paroles, je rabattis les couvertures pour me lever. Il n'eut pas le temps de faire le moindre geste que j'avais saisi mon sac de voyage dans l'armoire et commençais à jeter mes affaires pêle-mêle à l'intérieur. Les larmes striaient désormais mes joues, je n'arrivais plus à les retenir.

Nicolas me stoppa en m'attrapant par le coude pour m'obliger à lui faire face.

— Arrête. Tu sais très bien que je ne te reproche absolument pas le fait de ne pas pouvoir aller travailler.

— Ah non ? « Depuis que je passe plus de temps ici à m'occuper de toi qu'au bureau », lui récitai-je sur un ton teinté d'amertume. Ajoutons l'aveu de ton refus des sentiments que tu dis éprouver pour moi. Tu sais quoi, Nicolas ? Il serait peut-être temps que tu grandisses et que tu laisses un peu les gens t'approcher. Je ne sais pas qui t'a rendu aussi cynique et méfiant dans la vie alors que tu as une famille en or et ouverte, mais que tu le veuilles ou non, nous allons avoir un bébé. À toi de choisir comment tu veux que les choses se déroulent, mais moi j'en ai assez. Je n'ai personnellement aucun mal à avouer que je t'aime, malgré cela, si je dois partir loin de toi pour me protéger et protéger notre bébé de ton incapacité à t'investir sentimentalement dans une relation, alors je le ferai.

Sur ces derniers mots, je fermai le sac de voyage et me dirigeai vers la porte.

Sa voix, étrangement rauque, me figea sur le seuil de la pièce.

— Sophie.

Le temps de me retourner, le regard plein d'incompréhension, et il était face à moi. Je fis un pas en arrière pour l'éloigner de moi, me retrouvant ainsi collée au mur, mais il fit un pas en avant. J'étais bloquée.

Nicolas se rapprocha de moi à me coller, mais sans jamais me toucher réellement. Seuls quelques millimètres nous séparaient lorsqu'il posa son front contre le mien. Sa respiration était saccadée. Et enfin, il se livra. Sa voix n'était qu'un murmure, mais j'étais tout ouïe.

— J'avais quinze ans quand nous avons commencé à sortir ensemble. Notre histoire aurait dû rester classée dans les amourettes d'adolescents, ne durer que quelques mois avant que l'un de nous aille voir si l'herbe était plus verte ailleurs. Faire ce que font tous les adolescents. Mais notre relation est rapidement devenue sérieuse. Nous sommes devenus un couple. Nous passions notre temps ensemble, ne prenions aucune décision sans en avoir parlé à l'autre. Les mois se sont succédé jusqu'à devenir des années. Je l'ai même demandée en mariage le jour de son dix-neuvième anniversaire. Pour moi, à l'époque, c'était la femme de ma vie. Je partageais tout avec elle, je l'avais fait entrer dans ma vie, dans ma famille, dans mon cœur. Nous étions alors étudiants, mais tu as vu la maison dans laquelle j'ai grandi. Mes parents subvenaient à mes besoins et je vivais dans mon propre appartement avec Sophie. Un soir… Un soir, je suis rentré des cours, et elle était installée dans le canapé. L'appartement était plongé dans le silence. Elle m'a lancé ce regard. J'ai toujours cru qu'il me hanterait jusqu'à la fin de mes jours. Elle m'a annoncé froidement qu'elle me quittait. Qu'elle avait rencontré quelqu'un lors de l'un de ses stages. Elle ne m'aimait plus, elle n'était même pas certaine de m'avoir aimé un jour vu la profondeur de ce qu'elle ressentait pour l'autre. Elle m'a avoué qu'au début, c'est l'attrait de tout ce que m'offrait la vie – mon argent, la maison de mes parents, plus tard nos voitures, les cadeaux que je lui faisais – qui l'avait attirée et incitée à rester avec moi. Avec le temps, elle avait appris à m'apprécier en tant qu'être humain, mais si cela avait suffi jusque-là pour voir son avenir à mes côtés, maintenant, ce n'était plus assez. Elle avait enfin pris conscience de risquer de passer à côté de sa vie si elle ne restait avec moi que pour le confort matériel.

La confidence aurait pu s'arrêter là. J'étais figée, incapable de savoir quoi lui répondre quand ce fut lui qui reprit la parole.

— Tu dois comprendre, Jade. Ma mère m'a abandonné lorsque j'avais à peine un an. Trop jeune pour en garder un réel souvenir, mais assez vieux pour avoir été marqué par cet abandon. Puis, à mon adolescence, je tombe amoureux et la femme que je croyais être celle de ma vie me quitte pour un autre après m'avoir avoué n'avoir été guidée que par l'appât du gain. Quel homme en ressortirait indemne ?

26

J'avais enfin obtenu ce que je voulais, je savais désormais pourquoi il était devenu ainsi, mais j'aurais aimé qu'il soit capable de tourner la page pour moi. Était-ce trop en demander ?

Je ne pus me retenir de lui poser la question qui était sur le bout de ma langue.

— Si je n'étais pas enceinte, serions-nous encore ensemble ?

— Honnêtement, je ne sais pas, me répondit-il en se passant nerveusement une main dans les cheveux. Tu m'intrigues. Je t'ai dans la peau, mais je me connais assez pour savoir qu'il est presque certain que je t'aurais tenue beaucoup plus à distance s'il n'y avait pas eu le bébé.

— Pourquoi tiens-tu tant à me garder près de toi alors ? Être ensemble à cause d'un enfant ne peut rien donner de bon sur la durée.

— On ne reste pas ensemble à cause du bébé, Jade, déclara-t-il en m'obligeant à affronter son regard pour me convaincre de sa sincérité. Mais sa présence m'oblige à affronter ce qui me terrifie. Je ne veux pas te perdre.

— Et pourtant, tu fais tout ce qu'il faut pour que je parte, lui dis-je la voix cassée par l'émotion.

— Je t'en empêcherai. Je ne suis pas l'homme parfait. Je suis un homme abîmé, mais je t'aime, et si cela doit me prendre toute une vie pour t'en convaincre, alors qu'il en soit ainsi.

Ses paroles me troublèrent et me firent fondre dans le même temps. J'avais tellement envie de le croire !

Lâchant le sac de voyage, je posai mes mains de chaque côté de sa taille. J'avais encore du mal à croire que cet homme puisse m'aimer réellement, mais si lui était capable de se jeter à l'eau pour m'inclure dans sa vie et m'ouvrir son cœur, je me devais de faire également un pas dans sa direction.

— OK, je veux bien te laisser une chance de me prouver ce que tu dis, mais si tu dois partir une semaine à New York, je vais quand même devoir trouver où loger. Je ne peux pas rester seule ici.

— Aiden n'est pas très enchanté à l'idée de laisser Chloé et elle refuse de venir avec nous. Vous pourriez passer la semaine ensemble. Une semaine entre filles, sans nous avoir sur le dos – même si on vous laisse Mickael –, voilà qui devrait vous réjouir l'une comme l'autre.

— Ça pourrait être sympa.

— Bien, maintenant que cette question est réglée et que ton départ n'est plus à l'ordre du jour, tu veux bien aller dans le salon ? Le repas est prêt depuis un moment.

La soirée s'avéra fort agréable. Une barrière semblait être tombée entre nous deux. Nicolas paraissait moins tendu et plus spontané. Et pour la première fois depuis mon retour chez lui, il vint passer la nuit à mes côtés.

À peine s'installa-t-il sous les couvertures que j'eus envie qu'il me serre dans ses bras. Je voulais pouvoir me blottir contre lui, caresser son torse, descendre lentement ma main le long de ses abdominaux. Je voulais ressentir sa chaleur dans toutes les fibres de mon corps. Cette proximité m'avait tellement manqué.

Malheureusement, ma paume fut à peine posée sur ses pectoraux qu'il se saisit de ma main pour me stopper, argumentant que le médecin avait été clair : pas de sexe.

Il me serra du mieux qu'il put contre lui si on prenait en compte l'ampleur actuelle de mon ventre. D'ailleurs, le bébé profita de l'instant pour se manifester, envoyant toute une série de coups pour nous rappeler sa présence.

C'en était fini de mon idée de retrouvailles crapuleuses. En lieu et place, je m'endormis, la tête nichée au creux du cou de Nicolas.

Le lendemain, j'étais sur des charbons ardents. J'allais enfin savoir si je pouvais me lever, reprendre une vie presque normale, et du coup, je saurais également si Nicolas partait ou non pour New York.

Ce voyage me serrait le cœur. J'avais décidé d'accorder une chance à Nicolas, mais j'étais hantée par la crainte qu'il ne change d'avis une fois à des milliers de kilomètres de moi.

De plus, ce matin-là, je pris conscience du stade avancé de ma grossesse. Les préparatifs avaient à peine débuté, aucune idée de prénom n'avait été soufflée à l'autre, nous n'avions même pas demandé le sexe du bébé pour nous aider à choisir tout le nécessaire, préférant à l'époque garder la surprise. Nous avions en tout et pour tout fait une seule virée shopping pour meubler le bureau de Nicolas, ressortant bredouilles du magasin, incapables que nous étions à nous mettre d'accord sur le mobilier.

À notre arrivée au service obstétrique de la clinique, la salle d'attente était comble. Aucun siège n'était disponible, tous occupés par des femmes enceintes. À croire que toutes les futures mamans avaient pris rendez-vous ce jour-là précisément. Je jetai un regard circulaire, à la recherche du moindre bout de fauteuil qui aurait pu être oublié, mais non…

Il allait falloir rester debout visiblement.

Je venais à peine de faire mon constat que Nicolas me délaissa pour se diriger vers une des secrétaires. Je ne saurai jamais ce qu'il lui a chuchoté en cet instant, mais cinq minutes plus tard on me ramenait un fauteuil roulant. La pauvre secrétaire s'excusa même de n'avoir que ça à me proposer. Deux des gynécologues étaient bloqués en salle de travail depuis plusieurs heures, retardant les rendez-vous.

Cela allait être une longue journée. J'avais comme un doute sur la capacité de Nicolas à rester patient pendant plusieurs heures pour attendre notre tour, et le regard noir qu'il utilisait pour fixer le reste de la salle d'attente n'allait certainement pas me contredire.

Il y avait ici des femmes se trouvant à presque tous les stades de la grossesse. De la jeune femme au tout petit ventre bombé dont on devinait la présence du bébé uniquement grâce à la main posée sur son bas-ventre, à la femme tellement affalée sur son siège et ronde que c'était à se demander si elle n'avait pas dépassé son terme. Toutes quasiment étaient accompagnées, ce qui doublait la population de la salle d'attente. Chacun semblait très calme malgré l'attente interminable. Là encore, on avait différents types de futurs papas. Il y avait le futur papa totalement stressé, facilement repérable par son pied perpétuellement en mouvement, ses yeux allant de l'horloge murale à sa compagne pour revenir à l'horloge pour se fixer ensuite sur la porte séparant le service des consultations de la maternité. Nous avions également le futur papa zen. Dos collé au mur, il feuilletait tranquillement un magazine – dommage, à cette distance, je n'arrivais pas à voir ce qu'il lisait – souriant régulièrement à sa compagne qui lui rendait sourire pour sourire. Nous avions même un futur papa beau gosse ambulancier. Lui, soit il était venu directement après le travail, soit il devrait y aller après le rendez-vous. En tout cas, je n'avais pas souvenir que les uniformes des ambulanciers soient si… sexy. Je laissai mon regard s'attarder sur sa silhouette.

Tout de blanc vêtu, son haut le moulait au point de laisser paraître sa musculature assez impressionnante. On distinguait nettement – même de ma place – le dessin de ses pectoraux et ses abdominaux pouvaient se compter à travers le vêtement. J'avais presque envie de lui demander de faire un tour sur lui-même pour voir si le dos était aussi intéressant que le devant. Il avait un corps à se pâmer…

Un raclement de gorge me ramena au présent. Ah oui ! Nous avions également le futur papa un peu coincé, représenté par… Nicolas. Dans son costume sur mesure, le dos parfaitement droit, les mains dans les poches, cravate bien en place, il avait le visage tourné vers moi, le regard franchement réprobateur.

— Tu veux que je m'en aille, que tu puisses te rincer l'œil tranquillement ?

— Je ne faisais que regarder. Je n'allais pas lui sauter dessus ni engager la conversation. N'en fais pas tout un plat.

— Que les choses soient claires. Si tu dois appeler une ambulance pour aller à l'hôpital en mon absence, je t'interdis de faire appel à sa société.

J'ouvris des yeux ronds. L'idée ne m'aurait même pas traversée, mais lui y avait tout de suite songé.

— Mais tu es jaloux ma parole ! Je n'y avais même pas pensé, mais maintenant que tu en parles…

Laissant ma phrase en suspens, je me délectai de son regard furibond. Durant un quart de seconde, je me demandai si sa posture pouvait être plus raide qu'en cet instant. Finalement, je décidai de le rassurer. Après tout, c'était difficile pour lui d'accorder sa confiance, je devais faire avec.

— Je plaisante. Je te promets de ne pas faire appel à eux. Te voilà rassuré ? De toute façon, outre le fait que je ne vois pas qui j'arriverais à séduire avec cette pastèque à la place du ventre, je doute qu'il puisse être intéressé alors que sa compagne est enceinte de lui. Il ne serait pas là sinon.

Je pris la mesure de son soulagement lorsque ses épaules se relâchèrent d'un coup. Incroyable. Je pris seulement à cet instant la pleine mesure des efforts qu'il devait certainement fournir pour assumer ses sentiments envers moi et tenter de s'ouvrir à moi.

J'aurais souhaité aller plus loin dans mon analyse, mais l'arrivée de mon gynécologue dans la salle d'attente me tira de mes pensées.

27

À notre sortie de la Clinique, le soulagement nous avait envahi l'un et l'autre. Tout allait pour le mieux. Aucun saignement n'ayant eu lieu depuis ma sortie, et n'ayant eu aucune contraction, le médecin m'avait autorisée à stopper l'alitement. Je devais continuer à me ménager, mais je pouvais à nouveau me lever. Nous avions eu droit à une rapide échographie, le bébé se portait à merveille, et bien que l'hématome soit toujours présent, il semblait stable.

Nicolas avait donc pu partir pour New York et je m'étais installée pour une semaine dans l'appartement de Chloé.

Nicolas avait eu raison, cela faisait un bien fou de se retrouver entre filles. Chloé, contrairement à moi, allait toujours en cours, mais elle avait déjà prévu de me consacrer son temps libre.

Bien sûr, nous avions Mickael sur le dos dès que nous mettions un pied en dehors de l'appartement, mais j'étais prête à m'en contenter tellement j'étais heureuse de cette bouffée d'oxygène qui m'était offerte.

Dès le lendemain du départ des deux frères, nous investîmes

un magasin de puériculture et achetâmes ce qui me semblait indispensable. Le reste pouvait attendre tranquillement le retour de Nicolas. Une fois tous les articles commandés et la livraison programmée, nous continuâmes en direction des magasins de vêtements. Ne connaissant pas encore le sexe du bébé, je décidai également de prendre uniquement le strict nécessaire, dans des couleurs neutres. J'en profitai également pour faire un détour par le rayon maternité pour m'acheter une ou deux tenues supplémentaires.

Du coin de l'œil, je vis Mickael ronger son frein. Régulièrement, il jetait un rapide regard à sa montre avant de se remettre à scruter la foule et de temps en temps nous fusiller du regard. Il était contre cette sortie, arguant que j'avais eu le droit de me lever, mais que le médecin avait précisé que je devais me ménager. Son discours était typiquement celui que m'aurait dit Nicolas s'il avait été là, à la différence que Nicolas, lui, m'aurait séquestrée plutôt que de me laisser courir les magasins. J'en déduisis donc qu'il avait eu droit à toute une liste d'instructions avant le départ de nos deux hommes d'affaires.

En fin de matinée, nous eûmes pitié de notre garde du corps attitré et prîmes la direction de chez ma belle-mère. Je n'avais pas pu aller manger avec elle depuis mon hospitalisation et je comptais bien rattraper le temps perdu en allant manger chez elle tous les jours de cette semaine-là. Chloé avait également été invitée.

Je fus accueillie chez ma belle-mère à bras ouverts. J'avais à peine passé le seuil qu'elle me prenait dans ses bras, des larmes au coin des yeux. Elle nous noyait sous un flot de paroles à propos de l'inquiétude qu'elle avait eue pour moi, la tristesse de n'avoir pu venir me voir comme elle l'aurait souhaité, son bonheur de me voir debout et de pouvoir m'accueillir chez elle.

Durant le repas, elle nous raconta sa vie mondaine, ses quelques soirées solitaires lors desquelles elle se laissait submerger par le souvenir de mon père. Elle m'informa également qu'elle songeait à revendre l'appartement pour aller s'établir définitivement dans la villa que mon père lui avait léguée dans le sud de la France. Je n'avais, selon elle, plus besoin de l'avoir si proche de moi maintenant que je partageais ma vie avec Nicolas et que j'allais devenir maman.

Cette nouvelle me laissa sans voix, et je la laissai continuer son discours dans lequel elle me donnait toutes les bonnes raisons qu'elle avait de partir si loin de moi.

Quand nous repartîmes pour l'appartement de Chloé, j'étais toujours sonnée par la nouvelle. Je décidai alors de profiter au maximum de sa présence dans la capitale avant qu'elle ne s'éloigne. J'avais la certitude qu'une fois qu'elle serait à des centaines de kilomètres de là, je n'aurais quasiment plus de nouvelles, voire plus du tout. Elle semblait pourtant heureuse de me voir lorsque je venais lui rendre visite, mais elle me laissait également le sentiment qu'elle aurait préféré que je m'abstienne de venir la voir. Je l'empêchais peut-être, par ma présence, de faire réellement le deuil de mon père. Je n'en savais rien, mais cela me perturbait un peu que ma seule famille s'évertue à s'éloigner de moi le plus possible.

Les deux jours suivants, je décidai de rester à l'appartement pendant que Chloé était à l'école. Le repos forcé des dernières semaines m'avait fragilisée et la sortie dans les magasins m'avait fatiguée plus que je ne l'aurais pensé. Je ne m'absentai que durant la pause déjeuner pour aller rendre visite à ma belle-mère. J'appris ainsi qu'elle avait mis ses projets à exécution et que l'appartement parisien était désormais en vente.

Le mercredi soir, après le repas, au lieu de rester avec Chloé, j'invoquai la fatigue pour aller m'allonger dans ma chambre. Je me sentais barbouillée et j'avais mal à la tête. L'absence de Nicolas me minait. Je me sentais seule à le savoir à des milliers de kilomètres, j'avais hâte qu'il rentre, je voulais rentrer chez nous, nous retrouver. Pour le dire simplement, il me manquait.

Une nouvelle vague de nausée me tira de mes songes, et pour tenter de penser à autre chose qu'à mon idée de vomir, je m'emparai de mon téléphone :

Moi : « Hello. Alors il fait beau aux US ? »

Je fixai mon écran comme si la réponse allait être immédiate. À l'heure actuelle, Nicolas devait sûrement être en pleine réunion de travail. C'était le milieu de l'après-midi à New York, et je l'imaginais mal se prélasser là-bas.

Alors que j'allais me lever pour aller à la salle de bains, mon téléphone vibra sur le lit :

Nicolas : « C'est plein de nuages gris. Tu ne passes pas la soirée avec Chloé ? »

Me rasseyant immédiatement sur le lit, je lui répondis :

Moi : « Non, j'étais fatiguée. »

Moi : « Et puis... Je crois que tu me manques aussi. »

Je ne sais pas trop ce qu'il allait pouvoir me répondre. J'avais écrit de façon impulsive, mais j'avais besoin qu'il sache ce que je ressentais.

Mon téléphone vibra à nouveau :

Nicolas : « J'aurais aimé pouvoir repousser ce voyage. Tu me manques également, et être loin de toi en ce moment est un déchirement ».

Je savourai ce message, ses mots, car je savais à quel point Nicolas avait eu du mal à me faire confiance, et donc à quel point je devais compter pour lui pour qu'il se laisse aller ainsi en confidences.

Me rallongeant, j'éteignis la lumière de la chambre, et je décidai de continuer notre petite conversation à l'abri de l'obscurité.

Dans cette intimité que m'offrait la nuit, je lui racontai les cabrioles de notre bébé dans mon ventre, mes envies, mes peurs. J'omis volontiers de lui dire que je m'étais baladée dans plusieurs magasins, car il aurait été capable de prendre le premier avion pour venir m'engueuler. De son côté, il me raconta leurs soirées en solitaire. Je lui manquais autant que Chloé à Aiden. Ils étaient comme deux âmes auxquelles on aurait retiré une part d'elles-mêmes. La journée, ils se noyaient dans le travail pour tenter de revenir au plus vite et le soir, ils se couchaient épuisés après avoir dîné ensemble.

L'éloignement ne nous réussissait ni à l'un ni à l'autre.

Finalement, sur un dernier SMS qu'il termina par un « je t'aime », il me laissa à mes rêves, devant se rendre à une réunion.

28

Nicolas

Jamais voyage en avion ne m'avait paru aussi long. L'appel de Mickael m'avait plongé dans un état d'angoisse dont je n'arrivais pas à me dépêtrer.

À mes côtés, Aiden semblait tout aussi inquiet, jetant régulièrement un œil à sa montre et maudissant le sort de ne pouvoir téléphoner de l'avion pour pouvoir prendre des nouvelles de sa femme.

Après avoir été informés par Mickael de l'état de Jade et Chloé, nous avions pris le premier vol pour Paris. Depuis, nous n'avions plus eu de nouvelles. Mickael étant resté à l'hôpital, c'était Jorgi qui nous récupérerait à l'aéroport.

Après le vol interminable, il nous fallut subir la circulation avant d'enfin parvenir aux portes de l'hôpital. Mon inquiétude atteignit des sommets lorsqu'on nous annonça que pour le moment nous ne pouvions voir que Chloé.

Un médecin viendrait me voir directement pour me parler du cas de Jade.

Nous retrouvâmes Mickael devant la chambre de Chloé, guettant les allées et venues. À notre approche, il se redressa immédiatement avant de nous ouvrir la porte.

Depuis ma rencontre avec Chloé, c'était la seconde fois que je la voyais dans un lit d'hôpital et c'était deux fois de trop.

Elle semblait endormie, le visage un peu gonflé et des lunettes à oxygène calées sous le nez.

Des fils la maintenaient branchée à un moniteur cardiaque venant troubler le silence de la pièce.

Aiden pâlit à la vue de sa femme et se précipita à ses côtés. Je devais être à peu près dans le même état, mais je me montrais plus mesuré dans ma précipitation à la rejoindre.

Lorsque Aiden saisit la main de ma sœur, celle-ci ouvrit les yeux. À la lueur de joie de nous voir à ses côtés céda bientôt l'inquiétude.

— Comment va Jade ?

— Nous ne savons pas encore, lui répondis-je d'une voix éraillée. Un médecin doit venir nous voir.

Elle était inquiète pour son amie, cela se voyait sur ses traits, dans la crispation de tout son corps.

— Tout va bien se passer, tentai-je de la rassurer, même si j'avais du mal à m'en convaincre moi-même.

Satisfaite de ma réponse, elle reporta son attention sur son mari qui la couvait amoureusement du regard.

Nous restâmes avec Chloé environ une heure avant qu'un médecin ne vienne nous voir. Chloé s'étant endormie, il nous invita à le suivre dans son bureau.

— C'est moi qui ai pris en charge Mme Delacroix et Mlle Trévaux à leur arrivée. Pour le moment, nous n'avons malheureusement pas de réponse à vous donner quant à ce qui a bien pu se produire, notamment parce que leurs symptômes sont totalement différents.

>> Mme Delacroix, que vous avez pu visiter, est arrivée en présentant tous les signes d'une allergie. L'œdème est en train

de se résorber et ses jours ne sont plus en danger.

Le cas de Mlle Trévaux est plus complexe. Elle est arrivée en pleine crise de convulsions. Nous avons été obligés, pour le bien de la mère et de l'enfant, d'effectuer une césarienne et de placer Mlle Trévaux dans un coma semi-artificiel pour limiter les convulsions.

Si elle n'a pas d'autres crises, nous stopperons la médication petit à petit pour qu'elle reprenne conscience.

Son discours me glaça le sang. La situation était beaucoup plus grave que ce que j'avais craint.

— Et le bébé ? demandai-je, sans trop oser croire qu'à ce stade des événements on pourrait m'annoncer une bonne nouvelle.

— Elle se porte comme un charme pour un bébé né dans ces circonstances, et à ce stade. Elle se trouve actuellement en couveuse. À cause du traumatisme de sa naissance, nous l'avons laissée tranquille et nous la nourrissons donc par sonde pour le moment. Elle a également des lunettes à oxygène pour l'aider un peu et éviter qu'elle se fatigue. Mais en dehors de ça, tout va bien. Vous pourrez d'ailleurs aller la voir dès que nous aurons terminé.

— Avez-vous une vague idée de ce qui aurait pu se passer ? demanda Aiden.

— Comme je vous le disais tout à l'heure, les symptômes des deux jeunes femmes sont totalement différents. Si elles avaient été prises en charge séparément, nous ne mettrions même pas en commun leur cas. Or, nous avons deux jeunes femmes qui se sont trouvées mal quasiment au même moment et au même endroit. Dans un tel contexte, la seule hypothèse que j'ai émise, c'est celle de l'empoisonnement. Mme Delacroix a fait une réaction allergique à une substance que nous n'avons pas encore identifiée. Si Mademoiselle Trévaux a été mise en contact avec cette même substance au cours des derniers mois, il est possible que nous ayons alors la cause de ses problèmes convulsifs.

Encore une fois, je partage avec vous cette hypothèse, mais sans émettre de certitude.

— Très bien. Nous vous remercions, Docteur.

Et Aiden se releva, certainement impatient d'aller rejoindre son épouse. Quant à moi, j'étais toujours assis sur mon siège, complètement sonné.

Aiden posa une main sur mon épaule, m'obligeant à revenir à la réalité.

Me levant à mon tour, j'adressai une dernière question au médecin :

— Quand pourrais-je voir Jade ?

Un sourire vint affleurer sur les lèvres du médecin.

— Allez voir votre fille. Elle attend depuis hier de faire la connaissance de ses parents. De mon côté, je vais informer le service des soins intensifs que vous allez venir visiter Mlle Trévaux. Une infirmière de la néonat' vous y conduira.

— Merci Docteur.

Et je quittai la pièce pour aller m'adosser au mur un peu plus loin. J'avais besoin de quelques minutes pour tout assimiler.

— Félicitations.

C'était Aiden. Il s'était installé à mes côtés, et comme moi, regardait droit devant lui.

— Quoi ? demandai-je, toujours abasourdi par les derniers événements.

— Te voilà Papa, me répondit-il. Félicitations.

— Nous n'avions même pas encore choisi de prénom, soufflai-je.

— Bien qu'elle le portera pour la vie, j'aurais tendance à penser que dans l'immédiat, le plus important c'est que tu puisses lui en donner un. Cette petite a visiblement de la chance.

— Tu as raison, lui répondis-je en me redressant. Tu devrais retourner auprès de Chloé. Je vais aller voir ma fille et Jade. Je repasserai vous voir ensuite. Oh ! l'apostrophai-je alors que j'avais déjà commencé à partir, tu pourrais prévenir les parents pour moi ?

— Bien sûr. À tout à l'heure.

Elle était minuscule. Installée sur le ventre, elle avait ramené ses petites jambes sous elle, ses petits poings à hauteur du visage. Elle dormait paisiblement.

Elle me semblait si fragile à l'intérieur de son cocon de plexiglas que je n'osai faire aucun mouvement. Je me contentais de l'admirer et d'observer les mouvements réguliers de sa cage thoracique.

Après une dizaine de minutes, une infirmière s'approcha de moi pour me proposer de la prendre dans mes bras.

J'acceptai immédiatement et… quel bonheur !

Désormais installé dans un confortable fauteuil, dépourvu de chemise, j'avais mon enfant pelotonné contre mon torse. Son petit corps chaud contre moi, elle continuait de dormir paisiblement, ses petits doigts me griffant la peau dans les mouvements d'ouverture et fermeture de poings qu'elle faisait.

Je n'avais encore jamais ressenti de moment aussi intense. Je me sentais littéralement fondre pour cette petite créature sans défense qui aurait dû être encore au chaud et protégée dans le ventre de sa mère.

Je fus interrompu dans mes pensées par le retour de l'infirmière.

— Je suis désolée, il va falloir la replacer dans la couveuse. Mais vous pouvez venir la voir quand vous le souhaitez.

Et tandis que je lui rendais mon précieux petit trésor, elle ajouta :

— D'ailleurs, cette demoiselle est née dans une telle précipitation que nous n'avons pas de prénom noté sur son bracelet. En aviez-vous déjà choisi un ?

Je repensai à mon départ pour New York. Chloé et Jade nous avaient accompagnés à l'aéroport. Au moment du départ, alors que je me penchais pour l'embrasser, elle avait détourné légèrement la tête, ses lèvres venant alors effleurer mon oreille. Et c'est là qu'elle me l'avait chuchoté.

— Jade aimait bien « Amandine ». Elle me l'avait proposé juste avant mon départ pour New York, lui répondis-je sans même lui accorder un regard, mon attention totalement tournée vers les gestes qu'elle effectuait pour remettre la petite dans sa couveuse.

— Et qu'en pensez-vous ?

— Que ça lui ira à merveille.

Après avoir déposé la petite dans la position qu'elle avait lorsque j'étais arrivé, elle lui subtilisa le bracelet où était noté « X Trévaux » pour le remplacer presque immédiatement par un nouveau portant la mention « Amandine Trévaux ».

Il allait falloir que je fasse le nécessaire pour que mon nom apparaisse rapidement à côté du prénom de ma fille.

29

J'allais maintenant pouvoir aller voir Jade. Suivant l'infirmière, je pénétrai avec angoisse dans le service des soins intensifs.

Je pensais être assez fort et pourtant la vue de la femme que j'aimais, allongée là, immobile sur ce lit, me transperça le cœur. Je ne pus retenir une larme.

J'avais quitté, il y a à peine quelques jours, une femme joyeuse à laquelle j'avais enfin décidé d'accorder ma confiance. Et je retrouvais une femme d'une pâleur extrême, totalement imperméable au monde qui l'entourait, entourée de machines au son angoissant. Elle donnait l'impression de pouvoir s'éteindre à tout moment.

J'étais totalement dévasté de voir Jade allongée dans ce lit. La pauvre ne devait même pas savoir qu'elle avait donné naissance à notre fille.

Assis à ses côtés, je la veillai un long moment, attendant un signe de sa part, tout en sachant pertinemment que c'était à l'heure actuelle impossible.

Le médecin avait parlé d'un éventuel empoisonnement,

arguant malgré tout que l'hypothèse restait tirée par les cheveux.

Pourtant, plus j'y songeais et plus cette possibilité me paraissait sensée. Il ne fallait pas oublier les circonstances de la mort du père de Jade. Restait à trouver qui aurait pu commettre un tel acte et pourquoi.

Après un baiser sur le front de ma belle endormie, je la quittai pour rejoindre mon frère et ma sœur.

Il était temps de découvrir ce qui s'était déroulé pendant notre absence.

Sur le seuil de la chambre de ma sœur, je m'arrêtai un instant pour admirer le couple parfait qu'elle et mon frère formaient. Aiden était installé à ses côtés, dans un fauteuil, comme moi quelques instants plus tôt avec Jade, et veillait jalousement sur le sommeil de sa femme.

Malgré tout, il restait aux aguets puisqu'il eut immédiatement conscience de ma présence.

— Comment vont-elles ?

— Amandine est magnifique et si... minuscule. Jade n'a jamais été aussi calme. Chloé a-t-elle pu te parler de ce qu'il s'est passé ?

— J'ai préféré attendre ton retour pour lui parler. Mickael devrait être là aussi. Il veillait sur elles en notre absence, il aura peut-être des éléments de réponse à nous donner.

Aiden entreprit de réveiller doucement Chloé tandis que j'allais chercher Mickael. Celui-ci était toujours posté dans le couloir et me suivit immédiatement lorsque je lui en fis la demande.

Il me demanda rapidement des nouvelles de Jade et du bébé et je tentai au mieux de le rassurer, conscient que ma sœur était désormais réveillée et nous écoutait.

Puis, me tournant vers Chloé, je commençai mon interrogatoire :

— Te souviens-tu de la journée d'hier ? Y a-t-il eu quelque

chose d'inhabituel ?

— Non, absolument rien. Nous n'avons pas eu un fol emploi du temps, tu sais, me répondit-elle, sourcils froncés comme pour réfléchir à tout ce qui s'était déroulé durant les dernières 24 heures.

— Est-ce que tu pourrais nous dire tout ce que tu as fait au long de la journée ? lui demanda Aiden avant de compléter : un élément a priori anodin pourrait être la clé.

— Je me suis réveillée tôt.

Comme Aiden arquait un sourcil – ma sœur ne se levait jamais tôt – elle se justifia :

— Tu n'étais pas là. Il y avait une place vacante dans le lit et ton absence m'a empêchée de dormir correctement. Bref, conclut-elle en reportant son regard sur moi. J'ai profité du sommeil de Jade pour réviser mes cours. Quand elle s'est levée, nous avons pris notre petit déjeuner, on s'est douchées et nous avons continué notre semaine shopping.

— Tu as emmené Jade dans les magasins ? Tu es folle ou quoi ? m'offusquai-je. Il y a encore une semaine, elle était alitée, elle devait se reposer.

Ma sœur me fusilla immédiatement du regard.

— Vous n'aviez rien préparé pour l'arrivée du bébé. Elle voulait te faire la surprise en achetant l'essentiel. Je continue ou tu comptes encore passer tes nerfs sur moi ?

Je lui fis signe de continuer, sans perdre pour autant ma mauvaise humeur.

— Nous avons fait les deux derniers magasins de la liste qu'elle avait établie en début de semaine, puis nous sommes allées déjeuner chez sa belle-mère. À notre retour, elle est allée se reposer et j'ai continué mes révisions. Nous avons ensuite regardé un film, réchauffé le plat que nous avait donné Adrienne. Le repas avait un drôle de goût, pourtant c'était le même que le midi, alors après quelques bouchées, nous sommes allées jeter nos assiettes dans la cuisine. Après, c'est vague.

Dans un bel ensemble, nous nous tournâmes tous vers

Mickael. Il prit la parole, achevant ainsi le récit.

— Mademoiselle Trévaux m'a appelé à l'aide. Le temps d'appeler les pompiers et de mettre Madame Delacroix en PLS, Mademoiselle Trévaux a commencé à être prise de convulsions. J'ai immédiatement rappelé les secours.

— Donc, elles ont eu leurs malaises quasi de suite après avoir ingéré le repas, conclus-je.

— Ça ne peut pas être ça, s'exclama Chloé, nous avons dû prendre au maximum quatre ou cinq fourchettes chacune avant d'aller jeter nos assiettes.

— Oui, mais tu as dit que cela avait un drôle de goût, lui objecta Aiden.

— Que veux-tu insinuer au juste ? Que la belle-mère de Jade cuisine si mal que ça nous a envoyées direct à l'hosto ?

Les yeux luisants de colère, Chloé semblait vouloir défendre Adrienne, mais dans ce qui venait d'être dit, je ne retins que le fait que le repas avait eu un goût bizarre et que les malaises avaient eu lieu dans la foulée.

— Malheureusement, tout porte à croire que le repas est en cause, assénai-je en la regardant droit dans les yeux. Et dois-je te rappeler que le père de Jade est mort par empoisonnement ?

— Ça ne veut absolument rien dire. À l'époque, Adrienne a également été empoisonnée, s'obstinait Chloé.

Aiden, qui semblait avoir atteint les mêmes conclusions que moi, lui répondit en fixant son regard sur moi :

— Ce qui était le meilleur moyen pour elle de détourner les soupçons. Mais pourquoi ferait-elle une chose pareille ?

— L'argent ? Jade m'a confié que son père allait mourir. Et qui a hérité de tout ? Jade. Si Jade vient à disparaître, Adrienne récupère tout.

— Plus maintenant qu'Amandine est née, objecta Aiden.

Me tournant vers Mickael, je lui demandai :

— La belle-mère de Jade a-t-elle été mise au courant de la situation ?

— Non, pas encore.

Il me fallait un plan. Je devais à tout prix protéger la femme que j'aimais et notre enfant. Et pour cela, j'allais devoir confondre la méchante belle-mère. Mais comment ?

30

Jade

Un « bip » incessant ne cessait de me tirer du sommeil. L'esprit plongé dans une brume cotonneuse, je me débattais avec moi-même pour revenir dans le monde des vivants et obliger quelqu'un à éteindre cet affreux bruit.

Je savais que je devais ouvrir les yeux. Je ressentais au fond de moi comme une urgence.

Mon esprit voulait que je me réveille, mais mon corps luttait dans le sens inverse. Mes paupières étaient trop lourdes. Je n'arrivais pas à comprendre ce qu'il m'arrivait.

Quelque chose toucha ma main, s'en saisit. Était-ce quelqu'un plutôt que quelque chose ? Et si c'était le cas, qui était-ce ? Nicolas ? Chloé ? Adrienne ? Une tout autre personne ?

J'étais tellement fatiguée…

Je me laissai repartir dans l'inconscience.

J'avais mal à la tête. Et ce « bip » toujours aussi présent... Toujours aussi désagréable... Pourquoi personne ne l'arrêtait ?

Cette fois, je me sentais un peu plus maîtresse de mon corps. Dans un effort qui me parut surhumain, j'ouvris péniblement les paupières.

Une douce lumière tamisée éclairait la pièce. Je me trouvais allongée dans un lit et j'étais seule.

Je me sentais complètement perdue, ne réussissant pas à retracer les derniers événements. Alors que je venais tout juste de me réveiller, j'avais une forte envie de me rendormir, mais quelque chose au fond de moi m'en empêchait. J'oubliais un détail important. Il y avait une chose indispensable dont je devais absolument me souvenir, mais quoi ?

Ne voulant pas prendre le risque de me rendormir, je tentai de m'asseoir. Et c'est là que ça fit « Tilt ».

Mon bébé...

Posant une main sur mon ventre, je ne pus que constater qu'il était flasque. Je ressentais également un tiraillement douloureux dans le bas du ventre. Et la lumière se fit dans mon esprit : je n'étais plus enceinte.

Un désespoir sans nom prit possession de moi, et sans même en avoir conscience, je me mis à hurler.

Je ne sais pas combien de temps je m'usai les cordes vocales. Une activité subite s'installa dans la chambre, on m'obligea à me rallonger et le sommeil me gagna à nouveau, malgré moi.

*

Je n'étais plus seule.

Je sentis sa présence avant même d'ouvrir les yeux et cela me fit du bien de savoir qu'il était resté à mes côtés.

Ouvrant les yeux, je pus l'admirer. Il était affalé dans un fauteuil, la chemise froissée, les cheveux en bataille comme s'il avait passé les dernières heures à y passer la main. Des cernes noirs soulignaient ses yeux clos. Il semblait torturé, même dans son sommeil.

Détournant mon regard, je fixai le mur blanc face à mon lit. Le souvenir de mon premier réveil, la sensation de vide dans mon ventre... Qu'il était dur de songer à la perte de mon enfant. Qu'allais-je faire maintenant ? Aurais-je le courage de continuer mes études ? De voir le bonheur de toutes ces femmes donnant la vie ? Et tout le mobilier que j'avais acheté avec tant d'amour ces derniers jours et qui finalement ne servirait jamais...

J'allais devoir tout retourner dans les différents magasins. Et je devrais apprendre à vivre avec le souvenir de mon ventre rond et accepter le fait de ne jamais avoir vu mon enfant.

Les larmes coulaient silencieusement le long de mes joues à l'idée de tout ce que j'allais devoir affronter.

Je ne me rendis pas compte que Nicolas s'était réveillé. Je ne pus donc retenir un sursaut lorsqu'une main se posa sur la mienne.

Tournant mon visage vers lui, je me confrontai à son regard empli de compassion, mais aussi de tendresse.

— Bon retour parmi nous, me dit-il d'une voix douce.

J'étais incapable de lui répondre. Ma gorge était trop nouée. De nouvelles larmes affleurèrent à mes paupières.

— J'ai quelqu'un à te présenter, continua-t-il.

Sur ces mots, il délaissa ma main et sortit son téléphone.

Je ne compris pas immédiatement ce qu'il me montrait à l'écran. Et enfin, je la vis. Au milieu de tous ces fils, dans un cocon de coton, se tenait une petite forme rose minuscule. Notre fille.

— Elle va bien ? demandai-je d'une voix éraillée par l'émotion.

— Au vu des circonstances, elle se porte comme un charme. Il fallait lui donner un prénom et aller la déclarer auprès de la mairie.

Affichant une nouvelle photo à l'écran, un gros plan du visage endormi de notre puce, il ajouta :

— Je te présente Amandine Delacroix.

Décollant difficilement mes yeux de l'écran, je me confrontai au regard vert de Nicolas.

— Tu l'as appelée Amandine.

— Le prénom te plaisait et nous n'en avions pas évoqué d'autres, me répondit-il avec un haussement d'épaules.

— Nicolas, que s'est-il passé ?

Je le vis un instant fermer les yeux et prendre une profonde inspiration, comme s'il craignait de me parler franchement, mais qu'il savait ne pas avoir le choix.

— Chloé et toi avez été empoisonnées.

Je restai un moment muette de stupeur. Il avait parlé tellement vite que je n'étais pas certaine d'avoir bien saisi.

Puis, quand les mots prirent sens, la panique me saisit. Qui pouvait avoir un intérêt à nous empoisonner ? Il s'agissait peut-être d'un simple accident. Un aliment périmé, par exemple.

— Chloé a fait une réaction allergique à la substance à laquelle vous avez été exposées, continua-t-il, mais elle va bien maintenant. Toi, tu as à nouveau été prise de convulsions et les médecins ont été obligés de pratiquer une césarienne pour préserver aussi bien ta vie que celle d'Amandine. Tu as été placée quelques jours dans un coma médicamenteux.

>> Jade, je suis désolé, mais ta belle-mère pourrait être à l'origine de tout cela. Nous avons retracé tous tes ennuis de santé. Presque tous tes malaises coïncident avec les périodes où tu te rendais régulièrement chez ta belle-mère. De plus, l'hôpital a testé le repas que vous aviez ramené de chez elle. Il contenait une forte quantité de thuyones, la concentration était tellement élevée que le laboratoire pense à une intoxication à l'huile essentielle de sauge. Or c'est une substance qui peut s'avérer très toxique ingérée en grandes quantité et plus particulièrement chez la femme enceinte.

— Non ! m'offusquai-je, incapable de croire à une telle horreur. Adrienne n'aurait jamais fait une chose pareille !

— Tu oublies les circonstances du décès de ton père.

— Et toi tu oublies qu'elle aussi a été empoisonnée à l'époque.

Il m'interrompit avant que je ne puisse aller plus loin.

— Je sais que tu l'apprécies beaucoup, mais il faut se rendre à l'évidence. Nous ne pouvons pas écarter cette possibilité. D'ailleurs, à l'heure où nous parlons, elle est très certainement en train d'être interrogée.

J'aurais voulu être en colère contre Nicolas. Lui demander comment il pouvait ainsi oser accuser la seule famille qu'il me restait.

Et en même temps, si la police prenait la peine d'interroger Adrienne, c'est que le doute était tout de même assez présent.

Moi, je ne voulais pas y croire. Cette femme m'avait aimée, même si une certaine distance était toujours demeurée entre nous. Elle m'avait élevée. Depuis la mort de mon père, elle avait été présente pour moi.

Décidant que du fond de mon lit d'hôpital je ne pourrais de toute façon rien y faire, je décidai de revenir sur un sujet qui avait plus d'importance à mes yeux :

— Je veux voir Amandine.

31

Ce jour-là, je ne fus pas autorisée à la voir. J'étais frustrée et me sentais dépossédée de mon rôle de mère. J'aurais souhaité leur faire à tous un véritable pied de nez et me lever pour les obliger à m'emmener aux côtés de mon bébé, mais mon unique tentative fut un véritable fiasco. J'y gagnai uniquement un malaise, des douleurs et des remontrances à n'en plus finir.

Nicolas fit la navette entre ma chambre et le service de néonatalogie, me ramenant à chaque fois de nouvelles photos.

Il alla voir également Chloé qui allait pouvoir rentrer chez elle.

Au troisième jour après mon réveil, je pus enfin la voir.

Quand Nicolas entra dans ma chambre ce matin-là et m'en informa, je lui sautai au cou, faisant fi de la douleur causée par les points de suture de la césarienne.

C'était notre première étreinte depuis mon réveil. Je le sentis resserrer ses bras autour de moi et prendre une profonde inspiration, comme s'il cherchait à mémoriser mon odeur. Et je serais malhonnête si je ne m'avouais pas qu'en plus de faire la même chose, je fus touchée par sa réaction.

Reculant un peu la tête, je pus observer toute une palette d'émotions traverser son regard et nous étions bien éloignés de celles des premiers jours de notre relation.

Nous avions parcouru bien du chemin depuis cette époque, nous avions traversé des épreuves que certains couples ne connaîtraient jamais. Nous avions brûlé les étapes, mais nous nous en étions sortis malgré tout.

Et aujourd'hui, il était à mes côtés, partageant ma joie d'aller prochainement voir notre fille, et je n'aurais voulu être avec personne d'autre que lui.

— Je t'aime, lui déclarai-je d'un ton grave avant de continuer sur une note de façon plus malicieuse : Bon sang, j'ai passé des semaines à te détester, et au bout du compte, tu as tout de même réussi à t'emparer de mon cœur.

— À une certaine époque, commença-t-il en s'assurant que je gardais bien mes yeux fixés sur lui, si on m'avait confié comment évoluerait notre relation, je n'aurais jamais mis les pieds dans cette fichue baraque.

Alors que je lui donnais un coup sur le bras, il se saisit de ma main et continua :

— Mais aujourd'hui, je ne regrette absolument pas. Toi et notre fille êtes ce qui m'est arrivé de mieux dans la vie. Je t'aime Jade, n'en doute jamais.

Et quelle meilleure conclusion à sa tirade que le baiser qu'il me donna. D'abord chaste, sa langue vint rapidement caresser ma lèvre inférieure en quête de mon consentement pour plus. Et je lui offris.

À bout de souffle, je finis par m'écarter de lui :

— Notre fille nous attend, et je te mentirais si je te disais que je ne suis pas pressée de la voir enfin.

— Alors ne la faisons pas attendre plus longtemps.

Elle était minuscule et pourtant si belle. Elle était totalement dépourvue des rondeurs habituelles des nouveau-nés, mais à mes yeux, elle était parfaite.

Étant assise dans un fauteuil roulant, je fus obligée d'attendre que Nicolas m'ait arrêtée près de la couveuse pour aller plus loin dans mon inspection. Elle avait cinq petits doigts à chaque main, refermés pour former deux petits poings sagement posés de chaque côté de sa tête. Elle avait les jambes fléchies, comme si, malgré le fait qu'elle soit sur le dos, elle tentait de se recroqueviller sur elle-même.

Elle ne portait qu'une couche, de minuscules chaussettes et un bonnet rose. Des électrodes étaient posées sur son torse et des lunettes à oxygène l'aidaient à respirer régulièrement.

Un médecin était déjà venu me voir pour me parler de l'état de santé de notre fille, mais la voir ainsi me brisait le cœur.

— Elle ne devrait pas être là, murmurai-je, la voix emplie par l'émotion.

— Non, c'est vrai. Mais elle y est et elle se bat à chaque instant pour rester parmi nous. Tout ira bien, tu verras.

— Ne me fais pas de promesse que tu ne pourras pas tenir.

Posant une main sur mon épaule, le regard toujours fixé sur notre fille, il répondit :

— Ce n'est pas une promesse, mais j'ai confiance en elle.

— Je n'arrive pas à croire que quelqu'un ait pu lui vouloir le moindre mal. Ce n'est qu'un bébé, et elle n'était même pas encore née.

— Amandine n'était pas la victime principale. Tu étais visée, et donc ça l'a atteinte. Reste à découvrir qui a fait ça et pourquoi.

Il ne dit pas un mot de plus, mais je savais qu'au fond de lui, il était toujours persuadé de la culpabilité d'Adrienne.

Les jours qui suivirent marquèrent le début d'une vie bien réglée. Dès le réveil je prenais mon petit déjeuner, ma douche, patientais jusqu'à la visite du médecin et à peine celui-ci avait-il franchi la porte que je me dépêchais d'aller en néonat' rejoindre notre fille.

J'arrivais désormais à me déplacer seule, même si marcher était un peu douloureux pour mon ventre. Et une fois aux côtés de ma fille, j'avais toujours un fauteuil dans lequel me reposer.

Cette dernière faisait d'incroyables progrès. Malgré sa prématurité, elle se passait déjà des lunettes à oxygène et grossissait à vue d'œil, prenant enfin les formes d'un bébé nouveau-né tel que chacun se l'imagine.

Nicolas venait chaque jour, généralement vers le milieu de matinée, pour ne partir que le soir, après que nous avions dîné ensemble. Les allers-retours devaient être éprouvant pour lui, pourtant pas une seule fois il ne s'en plaignit. Il semblait au contraire savourer la chance qu'il avait d'avoir ce privilège de rester à nos côtés pendant que son frère gérait à lui seul la société durant son absence.

Chloé passa également me rendre visite en compagnie de son mari un soir, et je pus lui montrer avec toute la fierté d'une jeune maman les innombrables photos que j'avais déjà faites d'Amandine.

Je ne reçus aucune autre visite par contre. Ma belle-mère avait forcément su que je me trouvais à l'hôpital. Si ce n'était par Nicolas, qui la pensait toujours coupable de ma situation, au moins par les policiers venus l'interroger et perquisitionner son domicile. Mais elle ne m'avait pas appelé une seule fois et n'avait pas essayé non plus de franchir les portes de l'hôpital.

À plusieurs reprises je fus tentée de l'appeler, pour m'excuser de ce que lui avait fait subir la police, l'assurant que je la pensais pour ma part totalement innocente. Et pourtant, pas une seule fois je ne franchis le pas d'appuyer sur la touche « appeler » de mon téléphone.

J'étais à l'hôpital depuis une semaine lorsqu'au retour du service de néonatalogie je fus surprise par la présence d'un homme qui m'était inconnu dans ma chambre. Nicolas devait, quant à lui, le connaître puisqu'il l'appela par son nom en lui serrant la main.

Après quelques paroles à voix basse entre les deux hommes, l'inconnu se tourna enfin vers moi. La froideur de son regard, accentuée par la coupe quasi militaire de ses cheveux blonds, me donna des frissons. Il se présenta à moi comme étant le Lieutenant Colombat, en charge de l'enquête en cours sur l'empoisonnement dont Chloé et moi avions été victimes. J'appris qu'Amandine, bien que « dommage collatéral » selon ses termes, avait également été placée dans le dossier parmi les victimes, car les enquêteurs ne voulaient pas écarter la possibilité que quelqu'un en ait eu après l'enfant que je portais à l'époque. Malheureusement, les nouvelles qu'il nous apportait n'étaient pas bonnes.

Il nous expliqua que lors de sa première audition, Adrienne avait nié en bloc toute potentielle responsabilité sur notre séjour à l'hôpital. Elle semblait même choquée à l'idée que nous la croyions tous capable d'une telle ignominie. Elle avait même autorisé les inspecteurs à regarder dans ses placards, à la recherche de la substance retrouvée dans la nourriture. Mais ils n'avaient rien trouvé.

Lors de ses recherches, le Lieutenant Colombat avait eu connaissance de la seconde résidence d'Adrienne dans le sud de la France. Par acquit de conscience, il avait demandé au juge d'instruction de perquisitionner la villa d'Antibes. La police sur place avait procédé à une fouille de la maison et trouvé tout un laboratoire pour fabriquer des huiles essentielles de toutes sortes.

Pour moi, ce n'était pas une surprise, depuis ma tendre enfance, j'avais toujours vu ma belle-mère fabriquer ses propres huiles essentielles, et cela ne faisait pas forcément d'elle la coupable toute désignée. Pourtant, je continuais de me taire plutôt que de prendre sa défense, certaine que le Lieutenant n'en avait pas terminé.

Et en effet, il continua :

— Mme Daulisson a été convoquée une nouvelle fois ce matin. Nous n'avions pas de preuves formelles, mais ce second entretien nous semblait indispensable. Nous l'avons longuement interrogée, notamment sur le matériel trouvé dans sa résidence secondaire. Elle a maintenu sa version, qu'elle n'était absolument pas impliquée dans ce qui vous était arrivé. Mais elle semblait nerveuse, elle donnait certaines réponses pour se dédire quelques minutes plus tard.

Il marqua une pause. Je devais désormais être bien pâle car Nicolas se rapprocha de moi, glissant un bras autour de ma taille, et une once de pitié traversa le regard brun du Lieutenant.

— Adrienne Daulisson est passée aux aveux en début d'après-midi et a été mise en examen pour tentative d'homicide volontaire à l'encontre de votre personne.

— Sait-on pourquoi elle a agi ainsi ?

C'était Nicolas. Moi, j'étais toujours muette, incapable d'intégrer que la femme qui m'avait élevée avait tenté de me tuer, que ses agissements avaient failli coûter la vie à mon enfant.

— Elle refuse de parler depuis qu'elle a admis avoir voulu se débarrasser de l'enfant de Mlle Trévaux et si possible de Mlle Trévaux au passage. Il a été vaguement question d'une histoire de testament, du fait que M. Daulisson n'aurait pas tenu ses promesses. Lorsque je suis parti du commissariat, elle attendait son avocat. Nous en saurons certainement plus à ce moment-là.

— Nous vous remercions, Lieutenant, lui répondit Nicolas, lui donnant ainsi le signal du départ.

Et comme s'il avait bien compris le message, sur un vague signe de tête à mon intention, il sortit de la chambre.

Épilogue

Amandine quitta l'hôpital par un bel après-midi ensoleillé de la mi-avril.

Confortablement installée dans son cosy, emmitouflée dans une combinaison, on ne distinguait d'elle qu'un tout petit bout de son visage.

J'avais hâte de la ramener chez nous, où tout le monde nous attendait. Elle aurait à l'avenir des examens à faire pour s'assurer qu'elle ne garde aucune séquelle d'être née avant le terme et d'avoir été exposée au poison que m'avait fait ingéré ma belle-mère durant ma grossesse, mais c'était si peu de choses comparé à ce qui aurait pu lui arriver.

Ma belle-mère était désormais en prison, attendant son jugement. Sur les conseils de son avocat, et dans l'espoir d'alléger sa peine, elle était passée aux aveux complets.

Nous avions ainsi appris qu'il fallait aller chercher les réponses bien avant le mariage d'Adrienne et de mon père. Ma mère était décédée depuis près d'un an lorsque les médecins avaient diagnostiqué un cancer de la prostate à mon père. Dans sa peur de laisser derrière lui une orpheline, il avait conclu un accord avec Adrienne. Ils devaient se marier ensemble, sans possibilité de divorce. S'il venait à mourir, Adrienne devait s'occuper de moi jusqu'à ce que je sois capable d'entrer en possession de mon héritage et de voler de mes propres ailes. Pour le cas où mon père s'en remettait, alors lui et Adrienne m'élevaient ensemble. En contrepartie, si mon père venait à mourir avant elle, elle héritait de la majorité de sa fortune. Mon père avait pu vaincre son cancer, et nous avions évolué comme n'importe quelle famille. Adrienne et mon père avaient appris à réellement s'apprécier au fil du temps, une certaine complicité était née. Du moins, c'est ce que j'avais toujours pensé.

Mais quelques mois avant son décès, mon père avait fait une rechute et avait brusquement changé d'avis sur ses anciens engagements. Il avait alors informé Adrienne qu'il comptait modifier son testament afin que la majorité me revienne. Il lui laisserait de quoi vivre confortablement, mais j'entrerais en possession du reste. C'est alors qu'elle avait eu l'idée, sous couvert de me protéger de la santé déclinante de mon père, de leur exil dans les îles, histoire de gagner du temps, l'empêcher de modifier le testament.

Au fil des jours, une fois là-bas, elle était arrivée à la conclusion que seul le décès de son époux pourrait lui permettre d'accéder à sa fortune avant qu'il puisse entériner les dernières volontés dont il lui avait fait part. En effet, quelques jours après son décès, mon père aurait dû rencontrer son avocat. Adrienne ne pouvait à l'époque pas savoir que cette entrevue n'avait absolument rien à voir avec le testament.

C'est à ce moment qu'elle avait songé à l'empoisonnement et pour écarter tout soupçon, elle en avait également ingéré dans une quantité plus faible.

Malheureusement, au rendez-vous chez le notaire, il avait fallu se rendre à l'évidence. Son époux avait refait son testament sans l'en avertir. Elle n'avait plus accès à la fortune du défunt à moins de s'en prendre à moi.

Elle avait d'abord tenté de créer un accident en engageant quelqu'un pour me renverser. Puis, consciente qu'elle ne pouvait plus agir immédiatement sous peine d'attirer l'attention, elle avait décidé d'attendre. Mais je lui avais alors appris que j'étais enceinte. Attendre signifiait donc mettre une personne supplémentaire dans l'ordre de succession.

À défaut de pouvoir agir directement sur ma personne, il lui fallait trouver un moyen de se débarrasser de l'enfant à naître. Après quelques recherches, elle avait trouvé comment s'y prendre. Cela comportait une part de risque car on reprenait le processus de l'empoisonnement, mais les quantités seraient faibles et la manœuvre s'étendrait dans le temps. C'était assez sournois pour fonctionner.

Et cela avait fonctionné, du moins en partie. Les choses auraient été, selon Adrienne, nettement plus simples et déjà terminées si la famille Delacroix ne s'était pas sans cesse mise en travers de sa route en me protégeant dans un premier temps, puis Chloé Delacroix avait mis un terme à ses plans en faisant une réaction allergique à la sauge.

Elle avait alors senti le vent tourner et avait dû se rendre à l'évidence : elle avait gâché sa vie à faire semblant d'aimer une enfant et son père pour un but qu'elle n'avait jamais atteint.

Sans m'en rendre compte, j'avais passé le trajet à repenser aux derniers événements, si bien que lorsque Nicolas s'arrêta devant chez nous, je n'en pris pas immédiatement conscience.

Je revins à l'instant présent lorsqu'il ouvrit la portière d'Amandine pour extraire le siège-auto de la voiture. Sortant à mon tour, je me dépêchai de les rejoindre.

Bien qu'heureuse que notre enfant soit enfin sorti de l'hôpital, j'angoissais terriblement de la vie qui nous attendait.

Depuis sa naissance, j'avais l'impression d'avoir vécu dans une bulle, passant la majorité de mon temps avec elle à l'hôpital, à la veiller, m'en occuper. Là-bas, nous avions toujours le soutien de l'équipe soignante dès que nous avions la moindre interrogation, la moindre frayeur.

Aujourd'hui, nous allions voler de nos propres ailes dans notre nouvelle vie de parents. Nicolas semblait bien plus confiant que moi, persuadé que tout allait se passer à merveille. Amandine, elle se laissait porter, endormie comme une bienheureuse dans son cosy, nullement déboussolée d'avoir quitté la chaleur du seul endroit qu'elle ait connu jusqu'à présent.

Lorsque nous passâmes les portes de la maison, nous fûmes immédiatement entourés par la famille de Nicolas. Étaient présents son frère et Chloé, mais également ses parents. En dehors des photos que nous avions prises depuis sa naissance, personne n'avait encore faire la connaissance d'Amandine. Je ne fus donc guère étonnée de tous les voir s'attrouper autour de Nicolas afin de pouvoir l'admirer.

Un sourire au coin des lèvres à les entendre ainsi s'extasier, j'en profitais pour retirer mon manteau et me déchausser. Puis, j'entrai dans le cercle afin de prendre le cosy et pouvoir sortir notre fille de son cocon. Mais avant même que je puisse saisir l'anse du siège, je me retrouvai dans l'étreinte des bras de la mère de Nicolas. Elle avait les larmes aux yeux, me remerciait de lui avoir offert ce petit enfant, et m'assurait que ma vie allait désormais être plus paisible.

Les parents de Nicolas avaient été choqués lorsque leur fils leur avait appris le comportement de ma belle-mère. Depuis, ils ne tarissaient pas d'attention à mon encontre, comme s'ils souhaitaient remplacer en partie l'absence de mon père.

Dès que je fus libérée de l'étreinte de la mère de Nicolas, ce fut au tour de son père de me donner une brève accolade. Pendant ce temps, sa femme s'emparait du cosy et l'emportait dans la salle où tout le monde la suivit.

Je me retrouvais donc seule avec Nicolas, dans l'entrée de sa maison.

— Tu crois qu'on me laissera récupérer ma fille avant la fin de la journée ? lui demandai-je avec malice.

— Ils te la rendront, au moins au moment de partir. Ils sont tous tellement heureux pour nous. Ils avaient hâte de la voir.

— Je ne suis, pour ma part, pas mécontente de l'avoir enfin ramenée à la maison, même si paradoxalement, cela m'angoisse énormément.

Sur ma remarque, il me prit dans ses bras, posant brièvement ses lèvres sur mon front avant de plonger son regard au fond du mien pour me déclarer :

— Tout se passera très bien. Tu vas être une maman géniale et je suis là pour t'épauler. Tu n'es pas seule.

— Merci. J'apprécie de t'avoir à mes côtés. Je t'aime, finis-je en lui donnant un rapide baiser sur les lèvres.

M'extrayant de son étreinte, je m'apprêtais à rejoindre les autres lorsqu'il m'attira à nouveau à lui. Le plus sérieusement du monde, il me déclara alors :

— Je t'aime Jade, j'aime Amandine, j'aime que tu sois entrée dans ma vie, même si au début j'aurais tout fait pour t'en faire sortir.

Alors que j'allais répliquer, il me fit taire en posant un doigt contre mes lèvres.

— Veux-tu m'épouser Jade ? Nous sommes déjà une famille, mais j'aimerais officialiser aux yeux de tous notre relation, j'aimerais être enchaîné à toi, me lever chaque matin à tes côtés en me disant que tu es ma femme.

Il arrêta sa tirade. De mon côté, les larmes n'étaient pas loin de couler. Que de chemin parcouru depuis notre rencontre ! Nicolas avait d'abord été un homme cynique, incapable de faire confiance à une femme et aujourd'hui, non seulement il me déclarait son amour, il me disait régulièrement qu'il m'aimait comme s'il avait peur que je l'oublie, mais il me demandait maintenant de l'épouser.

La voix vibrante d'émotion, je lui répondis « oui » avant de l'étreindre.

Remerciements

Quand j'ai commencé à réfléchir à mes remerciements, je me suis dit que je ne voulais pas faire les mêmes que pour le premier tome… Et en même temps, certaines personnes que je tiens particulièrement à remercier doivent fatalement revenir puisqu'elles ont fait partie du projet depuis ses débuts… ^^

Il me semble indispensable de remercier Maud et son mari, qui ont donné beaucoup de leur temps pour cette saga. Maud m'a aidé à ne pas baisser les bras et à parfaire mon histoire (et à corriger mes fautes :P) ; et William, merci pour les deux nouvelles couvertures… Elles sont magnifiques.

Je remercie Laetitia, Aurélie et … Laetitia (^^). Vous avez lu le premier jet quand il n'avait même pas encore de fin et votre aide m'a été précieuse.

Je voudrais revenir à ma sœur Laetitia, merci à toi de me soutenir dans cette aventure un peu folle. Je sais que d'autres personnes de la famille auraient trouvé cela futile, à la limite un passe-temps, une voie sans issue. Toi, tu m'encourages à continuer, tu me lis, tu apprécies ce que tu lis. J'ai confiance en ton jugement, parce que je sais que si tu trouvais ça mauvais, tu trouverais une façon de me le dire.

Merci à Reines-Beaux de me faire confiance et de me publier. Cette aventure est juste énorme. Si on m'avait dit que je publierais un second roman, je n'y aurais pas cru. Je n'aurais déjà pas cru à la publication du premier.

Merci à mon mari et mes enfants. Je ne compte plus le nombre d'heures passées sur l'écran de mon ordinateur. Entre l'écriture du premier tome et du second, je suis passée de femme au foyer qui peut écrire quand les enfants sont à l'école et Monsieur au travail à la travailleuse qui écrit le soir, une fois les enfants couchées au détriment des heures que j'aurais pu passer avec mon cher et tendre. Alors un immense merci à lui de me supporter quand je reste sur mon ordinateur au lieu d'être pleinement avec lui. Merci à mes filles d'être compréhensives avec moi, et d'aimer tellement l'idée que « Maman écrit des histoires » qu'on se retrouve parfois toutes les trois à inventer de nouvelles histoires à lire le soir avant de se coucher.

Enfin, merci à vous les lectrices. Merci pour tous les retours que j'ai eu sur le premier tome. Même si certains étaient mitigés, j'espère avoir retenu les leçons à travers vos commentaires pour m'améliorer et j'espère que ce tome vous plaira autant, peut-être plus, que le premier.

Merci à tous, sans vous, ce rêve serait encore du domaine de l'imaginaire pour moi. Vous en avez fait une réalité.

L'auteure

Jeune mère au foyer, Léane décide de tromper l'ennui, lorsque sa fille aînée est à l'école et la cadette à la sieste, en aidant une amie à corriger son manuscrit. Se prenant au jeu, elle finit par écrire ses propres lignes et celles-ci s'enchaînent alors jusqu'à former son premier roman.

Retrouvez-la aussi ici :
Facebook : https://www.facebook.com/pages/L%C3%A9ane-Morton/1406458066306013
Twitter : https://twitter.com/leane_morton

Également chez Reines-Beaux :
Une famille pour Chloé

Envie de plus ?

Vous ne voulez pas manquer l'un de nos titres ? Alors n'hésitez pas à vous inscrire à notre newsletter pour recevoir tout un tas de contenu exclusif : extraits, interviews, concours et plus encore !

Des questions ? Contactez-nous : info@reines-beaux.com

Continuez votre lecture pour découvrir plus de titres Reines-Beaux...

Dans la même collection :

Imprimé en France
FROC01n1453251116
PP5668900001B/2/P
9 782390 061571